John le Carré

Schatten von gester[n]

Roman

Deutsch von Ortwin Munch

Deutscher
Taschenbuch
Verlag

dtv

Von John le Carré
ist im Deutschen Taschenbuch Verlag erschienen:
Krieg im Spiegel (12123)

Ungekürzte Ausgabe
April 1996
Deutscher Taschenbuch Verlag GmbH & Co. KG,
München

Titel der englischen Originalausgabe:
›Call For The Dead‹ (Victor Gollancz Ltd., London 1961)

ISBN 3-552-04710-7
Umschlagbild: doMANSKI
Gesetzt aus der Sabon 10/12' (Word 6.0)
Gedruckt auf säurefreiem, chlorfrei gebleichtem Papier
Gesamtherstellung: C. H. Beck'sche Buchdruckerei,
Nördlingen
Printed in Germany · ISBN 3-423-12164-5

I

Das Curriculum Vitae von George Smiley

Als Lady Ann Sercomb gegen Ende des Krieges George Smiley heiratete, pflegte sie ihn ihren erstaunten Freunden aus Mayfair als einen direkt atemberaubend gewöhnlichen Menschen zu schildern. Als sie ihn dann zwei Jahre später zugunsten eines Autorennfahrers aus Kuba verließ, verkündete sie rätselhaft, daß sie ihn nie hätte verlassen können, wenn sie es nicht zu diesem Zeitpunkt getan hätte. Und Viscount Sawley begab sich eigens zu dem Zweck in seinen Klub, um die Bemerkung fallen zu lassen, die Katze wäre aus dem Sack.

Dieser Ausspruch, der eine Zeitlang als Bonmot herumging, kann nur von Leuten verstanden werden, die Smiley kannten. Klein, dick und von ruhiger Gemütsart, schien er eine Menge Geld für wirklich miserable Anzüge auszugeben, die auf seinem viereckigen Gestell wie die Haut einer verschrumpelten Kröte wirkten. Tatsächlich sagte Sawley auch bei der Hochzeit: »Die Sercomb heiratet einen Ochsenfrosch in Ölzeug und Südwester.« Und Smiley, der von dieser Klassifizierung nichts wußte, war wie in der Hoffnung auf den Kuß, der ihn in einen Prinzen verwandeln sollte, zum Altar gewatschelt.

War er reich oder arm, Bürger oder Bauer? Wo hatte sie ihn aufgegabelt? Die Widersinnigkeit der Verbindung wurde durch Lady Anns nicht zu übersehende Schönheit noch hervorgehoben, und das Rätselhafte der Angelegenheit durch das Mißverhältnis zwischen dem Mann und seiner Braut unterstrichen. Aber der Tratsch muß sich seine Gestalten schwarz oder weiß malen und sie mit Sünden und Motiven ausstatten, die sich leicht in den Code der Konversation verschlüsseln lassen. Daher kam Smiley, der weder Schule, Eltern, Regiment oder Beruf noch Reichtum oder Armut aufweisen konnte, ohne Adreßzettel in den Gepäckwagen des Expreßzuges der Gesellschaft und wurde bald ein verlorener Koffer, endgültig verloren, als die Scheidung sich anbahnte und ausgesprochen worden war, ein Koffer, der auf den staubigen Stellagen der Neuigkeiten von gestern herumlag und den keiner mehr haben wollte.

Als Lady Ann ihrem Star nach Kuba folgte, dachte sie ein wenig über Smiley nach. Mit widerwilliger Bewunderung gestand sie sich ein, daß es Smiley sein würde, wenn es nur einen einzigen Mann in ihrem Leben gäbe, und es befriedigte sie, daß sie diese Tatsache durch das heilige Sakrament der Ehe bewiesen hatte.

Wie Lady Anns Abreise auf ihren ersten Gatten wirkte, machte der Gesellschaft, die ja wenig an dem Anteil nimmt, was nach der Sensation kommt, kaum Kopfzerbrechen, obwohl es ganz interessant gewesen wäre, zu erfahren, was Sawley und sein Kreis von Smileys Reaktion gehalten hätten; von Smileys fettem bebrilltem Gesicht, das sich in energische Falten der Konzentration zog, wenn er aufmerksam die weniger bekannten deutschen Poeten las, während er seine plumpen, feuchten Hände in den herunterbaumelnden Ärmeln zu Fäusten ballte. Aber alles, was Sawley zu diesem Anlaß von sich gab, war ein leichtes Achselzucken und die Bemerkung: ›*Partir c'est courir un peu*‹, und es schien ihm nicht klar zu sein, daß, während Lady Ann nur davonlief, ein Teil von George Smiley gestorben war.

Der Teil, der weiterlebte, sein Beruf als Nachrichtenoffizier, paßte ebensowenig zu seiner Erscheinung wie die Liebe oder seine Vorliebe für nicht anerkannte Dichter. An diesem Beruf hatte er Spaß, und dieser Beruf versah ihn auch gnädigerweise mit Kollegen, deren Charakter und Herkunft ebenso im Dunkel lagen. Er bot ihm auch, was er früher einmal am meisten geliebt hatte, nämlich akademische Exkursionen in das Mysterium menschlichen Verhaltens, die sich aus der praktischen Anwendung seiner eigenen Schlüsse ergaben.

Einmal in den zwanziger Jahren, als Smiley mit seiner bescheidenen Mittelschule fertig war und geblendet in die düsteren Arkaden seines bescheidenen College in Oxford stolperte, hatte er von Dozenturen geträumt und einem Leben, das den literarischen Obskuritäten Deutschlands im siebzehnten Jahrhundert gewidmet sein sollte. Aber sein eigener Lehrer, der ihn besser kannte, dirigierte ihn klugerweise aus dem Bereich der Ehren, die ihn ohne Zweifel erwartet hätten. An einem wunderschönen Morgen des Monats Juli im Jahre 1928 saß ein verwirrter und ziemlich rot angelaufener Smiley vor der Prüfungskommission des Komitees für Akademische Forschung in Übersee, einer Organisation, von der er sonderbarerweise noch nie etwas gehört hatte. Jebedee, sein Lehrer, hatte sich merkwürdig vage ausgedrückt, als er ihm die Sache erklärte: »Versuch es mit diesen Leuten, vielleicht behalten sie dich; sie zahlen so schlecht, daß du sicher in guter Gesellschaft sein wirst.« Aber Smiley war verärgert gewesen und hatte das auch gesagt. Er machte sich Gedanken darüber, daß Jebedee, der sich doch sonst immer so präzis ausdrückte, auswich. Ein wenig mißmutig willigte er aber ein, seine Entscheidung auf Allerseelen zu verschieben, bis er Jebedees mysteriöse »Leute« gesehen hätte.

Er wurde den einzelnen Mitgliedern der Kommission nicht besonders vorgestellt, doch kannte er ungefähr die Hälfte vom Sehen. Da war einmal Fielding, der in Cambridge über das französische Mittelalter las, Sparke aus dem Institut für orientalische Sprachen und Steed-Asprey, der an demselben Abend am Professorentisch diniert hatte, als Smiley Jebedees Gast gewesen war. Er mußte zugeben, daß er beeindruckt war. Denn daß Fielding seine Wohnung, von Cambridge gar nicht erst zu reden, verließ, war schon an und für sich ein Wunder. Später dachte Smiley an dieses Interview immer als an einen Schleiertanz, eine genau berechnete Folge von Enthüllungen, von denen jede eine andere Einzelheit eines geheimnisvollen Ganzen zeigte. Endlich entfernte Steed-Asprey, der der Vorsitzende zu sein schien, den letzten Schleier, und die Wahrheit stand in ihrer ganzen verwirrenden Nacktheit vor ihm. Man bot ihm einen Posten in einer Organisation an, die Steed-Asprey mangels eines besseren Namens schamhaft als Geheimdienst bezeichnete.

Smiley hatte um Bedenkzeit gebeten. Sie gaben ihm eine Woche. Geld wurde nicht erwähnt.

An diesem Abend aß er irgendwo in London in einem ziemlich guten Lokal und ging ins Theater. Er fühlte sich merkwürdig wirr im Kopf, und das bedrückte ihn. Er war sich völlig darüber im klaren, daß er ja sagen würde. Das hätte er schon gleich bei der Unterredung tun können. Es war nur instinktive Vorsicht und vielleicht der verzeihliche Wunsch, sich Fielding gegenüber ein bißchen zu zieren, der ihn davon abhielt, sofort einzuschlagen.

Nachdem er sich verpflichtet hatte, kam das Training: anonyme Landhäuser, anonyme Instruktoren, viele Reisen, die immer weiter wurden, und schließlich die phantastische Aussicht, ganz auf sich allein gestellt zu arbeiten.

Sein erster Posten im Einsatz war verhältnismäßig amüsant. Zwei Jahre als englischer Lektor an einer kleinen deutschen Universität: Vorlesungen über Keats und Ferien in bayrischen Jagdhütten mit Gruppen von feierlich ernsten deutschen Studenten der verschiedensten Herkunft. Gegen Ende der langen Ferien pflegte er einige von ihnen nach England zu bringen, von denen er schon die wahrscheinlich in Frage kommenden über geheime Verbindungen an eine Adresse in Bonn bezeichnet hatte. Während der ganzen beiden Jahre hatte er keine Ahnung, ob seine Empfehlungen berücksichtigt wurden oder nicht. Er wußte nicht einmal, ob man an seine Kandidaten herantrat oder nicht, noch hatte er eine Möglichkeit, festzustellen, ob seine Botschaften je ihren Bestimmungsort erreichten. Und wenn er in England war, hatte er keinen Kontakt mit dem Department.

Seine Gefühle bei der Durchführung seiner Arbeit waren gemischt und einander widersprechend. Es reizte ihn, von einem Beobachtungspunkt aus das, was er als den »potentiellen Agenten« in einem Menschen zu definieren gelernt hatte, zu finden und auszuwerten, Miniaturtests des Charakters und des Verhaltens zu erfinden, die ihn über die Qualitäten eines Kandidaten informieren konnten. Dieser Teil von ihm war blutlos und unmenschlich. In dieser Rolle war Smiley der internationale gekaufte Söldner seines Berufes, unmoralisch und ohne anderes Motiv als das seines persönlichen Vorteils.

Auf der anderen Seite betrübte es ihn, in sich das langsame Absterben natürlicher Freude zu bemerken. Immer auf der Hut, fand er, daß er vor der Versuchung der Freundschaft und menschlichen Loyalität zurückschreckte, und er wappnete sich ängstlich gegen spontane Reaktionen. Durch die Kraft seines Intellekts zwang er sich, die Regeln der Menschlichkeit mit peinlichster Objektivität einzuhalten, und weil er auch nur ein Mensch und nicht unfehlbar war, haßte und fürchtete er die Falschheit seines Lebens.

Aber Smiley war ein sentimentaler Mensch, und das lange Exil vertiefte seine innige Liebe zu England. Hungrig zehrte er von den Erinnerungen an Oxford, entsann sich seiner Schönheit, der Ungezwungenheit der Gedanken und des langsamen Reifens seiner Urteile. Er träumte von windigen Herbstferien in Hartland Quay, von langen Fußwanderungen an der Felsenküste Cornwalls, das heiße Gesicht dem Seewind zugewendet. Dies war sein zweites, geheimes Leben, und er begann die großmäulig hinterhältige Invasion des neuen Deutschland zu hassen, das Stampfen und Gebrüll der uniformierten Studenten, die arroganten Gesichter mit den Schmissen und ihre billigen konfektionierten Antworten. Es ärgerte ihn auch, wie die Fakultät an seinem Fach, *seiner* geliebten deutschen Literatur, herumgestümpert hatte. Und dann war eine Nacht gekommen, eine schreckliche Nacht im Winter 1937, da war Smiley an seinem Fenster gestanden und hatte auf einen großen Scheiterhaufen im Hof der Universität hinausgesehen. Rundherum standen Hunderte johlender Studenten mit exaltierten Gesichtern, die von den tanzenden Flammen beleuchtet wurden, und warfen Hunderte von Büchern in das götzendienerische Feuer. Er wußte, wer diese Bücher geschrieben hatte: Thomas Mann, Heine, Lessing und viele andere. Und Smiley, der die Glut seiner Zigarette in seiner feuchten hohlen Hand verbarg, starrte hinaus, und zugleich mit Haß überwältigte ihn der Triumph, daß er seinen Gegner kannte.

Neununddreißig war er in Schweden, und zwar als wohlakkreditierter Vertreter einer sehr bekannten Schweizer Fabrik für Handfeuerwaffen. Seine Verbindung mit der Firma war natürlich rückdatiert, wie das ja zweckdienlich ist. Ebenso zweckdienlicherweise hatte sich seine Erscheinung beträchtlich geändert, denn Smiley hatte in sich ein Talent für Tarnung entdeckt, das über das primitive Wechseln der Haarfarbe und die Hinzufügung eines kleinen Schnurrbartes hinausging. Vier Jahre hatte er seine Rolle gespielt und war zwischen der Schweiz, Deutschland und Schweden hin und her gereist. Er hatte nie geahnt, daß man es aushalten könne, so lange Zeit Angst zu haben. Die Folge war eine nervöse Irritation seines linken Augenlids, die er auch nach fünfzehn Jahren noch nicht losgeworden war, und die dauernde Spannung grub tiefe Falten in seine fleischigen Wangen und seine Stirn. Er erfuhr, was es hieß, nie richtig zu schlafen, pausenlos in Spannung zu sein und immer, sei es bei Tag oder des Nachts, das rastlose Klopfen des eigenen Herzens zu fühlen, die äußersten Grenzen der Einsamkeit und des eigenen Jammers zu erleben, das plötzliche Verlangen nach einer Frau, nach Alkohol, nach Bewegung, kurz nach irgendeinem Narkotikum, das ihm die Spannung seines Lebens nehmen konnte.

Vor diesem Hintergrund führte er seinen offiziellen Handel und seine Arbeit als Spion durch. Im Laufe der Zeit wurde das Netz größer, und andere Länder machten ihren Mangel an Voraussicht und Vorbereitung wett. 1943 rief man ihn zurück. Schon nach sechs Wochen sehnte er sich danach, weiterzumachen, aber sie ließen ihn nicht mehr: »Sie sind fertig«, sagte Steed-Asprey. »Schulen Sie neue Leute ein, machen Sie Ferien. Heiraten Sie, oder machen Sie etwas anderes. Kurz und gut, koppeln Sie ab.«

Smiley machte der Sekretärin von Steed-Asprey, Lady Ann Sercomb, einen Heiratsantrag.

Der Krieg war zu Ende. Sie zahlten ihn aus, und er nahm seine schöne Frau nach Oxford, wo er sich den Obskuritäten des siebzehnten Jahrhunderts in Deutschland widmen wollte. Aber nach zwei Jahren war Lady Ann in Kuba, und die Enthüllungen eines jungen russischen Geheimcodebeamten in Ottawa hatten neuen Bedarf an Männern mit Smileys Erfahrung geschaffen.

Die Arbeit war neu, das Risiko gering, und am Anfang fand er Gefallen daran. Aber jüngere Männer traten ein, vielleicht mit weniger verbrauchtem Verstand. Smiley stand nicht auf den Beförderungslisten, und langsam dämmerte es ihm auf, daß er die Mitte seines Lebens erreicht hatte, ohne jemals jung gewesen zu sein, und daß er ganz einfach auf dem Abstellgleis war.

Die Verhältnisse änderten sich. Steed-Asprey war nicht mehr da. Er war auf der Suche nach einer anderen Kultur aus der Neuen Welt nach Indien geflüchtet. Jebedee war tot. Im Jahre 1941 war er mit seinem Funker, einem jungen Belgier, in Lille in einen Zug gestiegen, und man hatte nie mehr etwas von den beiden gehört. Fielding war durch eine neue Auslegung der Gestalt Rolands gänzlich in Anspruch genommen – nur Maston war noch da, Maston der Karrieremacher, die Kriegserwerbung, der Fachmann des Ministeriums in Fragen des Nachrichtendienstes. »Der erste Mann«, so hatte Jebedee sich ausgedrückt, »der in Wimbledon Machttennis spielt.« Die NATO und alle verzweifelten Maßnahmen, die von den Amerikanern ins Auge gefaßt wurden, änderten gänzlich die Art von Smileys Dienst. Die Tage aus der Zeit von Steed-Asprey, da man seine Aufträge ebensogut in dessen Wohnung in Magdalen bei einem Glas Portwein erhalten konnte, waren für immer dahin. Die amateurmäßige Inspiration einer Handvoll hochqualifizierter, schlecht bezahlter Männer war der betriebsamen Leistungsfähigkeit, dem Bürokratismus und den Intrigen einer großen Ministerialsektion gewichen, die Maston in seinen teuren Anzügen, seinem Adel, seinem distinguierten grauen Haar und seinen silbergrauen Krawatten auf Gnade und Ungnade ausgeliefert war. Maston, der sich sogar an den Geburtstag seiner Sekretärin erinnerte, dessen feine Manieren bei den Damen der Registratur sprichwörtlich waren, der, als wäre das selbstverständlich, seinen Machtbereich vergrößerte und wie mit einer zögernden Entschuldigung zu immer höheren Positionen aufrückte, Maston, der in Henley smarte Parties in seiner Villa gab und sich mit den Erfolgen seiner Untergebenen mästete.

Während des Krieges hatte man ihn, den Berufsbeamten, aus irgendeinem orthodoxen Ministerium hereingebracht, einen Mann, der mit Papier hantieren und die Brillanz seines Stabes mit der beschwerlichen bürokratischen Maschinerie in Einklang bringen sollte. Es war für die hohen Tiere eine Beruhigung, mit jemandem zu tun zu haben, den sie kannten, einem Mann, der jede beliebige Farbe in Grau verwandeln konnte, der seine Herren und Meister kannte und sich unter ihnen zu bewegen verstand. Und er verstand es nur zu gut! Ihnen gefiel seine Bescheidenheit, wenn er sich dafür entschuldigte, mit wem er umging, die Heuchelei, mit der er die Schrullen seiner Untergebenen verteidigte, seine Wendigkeit bei der Formulierung neuer Aufgaben. Er unterließ es auch nicht, sich der Vorteile der Methoden eines Mannes mit Radmantel und Dolch *malgré lui* zu bedienen, indem er das Mäntelchen für seine Vorgesetzten trug, den Dolch aber für seine Untergebenen reserviert hatte. Seine Stellung war offensichtlich eine merkwürdige. Er war nicht die offizielle Spitze des Dienstes, aber andererseits der fachmännische Berater des Ministers in Fragen des Nachrichtendienstes. Steed-Asprey hatte ihn für alle Zeiten als Obereunuchen klassifiziert.

Das war alles für Smiley eine ganz neue Welt. Die taghell erleuchteten Korridore, die smarten jungen Männer. Er kam sich hausbacken und altmodisch vor und hatte Heimweh nach dem vernachlässigten alten Haus in Knightsbridge, wo alles begonnen hatte. Seine Erscheinung schien dieses Unbehagen in einer Art physischer Rückbildung widerzuspiegeln, so daß er noch mehr gekrümmt und froschähnlich aussah als je. Er zwinkerte mehr als früher und erwarb sich den Beinamen »Maulwurf«. Aber seine junge Sekretärin betete ihn an und sprach von ihm nur als »Mein lieber Teddybär«.

Smiley war nun schon zu alt, um ins Ausland zu gehen, das hatte ihm Maston klargemacht: »Auf jeden Fall, mein lieber Freund, sind Sie ziemlich fertig nach der Hetzjagd während des Krieges. Bleiben Sie lieber zu Hause, alter Freund, und schüren Sie die heimatlichen Feuer.«

Alles das erklärt ein wenig, warum George Smiley am Mittwoch, dem 4. Januar, um zwei Uhr nachts im Fond eines Londoner Taxis saß und auf dem Wege nach Cambridge Circus war.

2

Keine Ruh' bei Tag und Nacht

In dem Taxi fühlte er sich sicher. Sicher und warm. Und zwar war die Wärme Konterbande, die er aus dem Bett mitgeschmuggelt und gegen die Kälte der nassen Januarnacht aufgespeichert hatte. Sicher fühlte er sich deshalb, weil die Situation unrealistisch war. Es war sein Geist, der durch die Straßen Londons wanderte und von ihren unglücklichen Vergnügungssuchern Notiz nahm, die unter den Regenschirmen der Türsteher zu ihren Taxis trippelten, und von den galanten jungen Damen, die wie zu Geschenkzwecken in Polyvinyl verpackt waren. Es war sein Geist, entschied er, der aus dem Brunnen des Schlafes geklettert war und das neben dem Bett rasselnde Telefon zum Schweigen gebracht hatte ... Oxford Street ... Warum war London die einzige Hauptstadt der Welt, die nachts ihre Persönlichkeit verlor? Während Smiley seinen Mantel enger um sich zog, konnte er sich keines Ortes von Los Angeles bis Bern entsinnen, der so bereitwillig den Kampf um seine Identität aufgab.

Das Taxi bog in Cambridge Circus ein, und Smiley setzte sich mit einem Ruck auf. Es fiel ihm ein, warum der Diensthabende angerufen hatte, und diese Erinnerung riß ihn brutal aus seinen Träumen. Er entsann sich des Gespräches Wort für Wort, eine Fähigkeit, die er sich vor langer Zeit erworben hatte.

»Hier ist der diensthabende Beamte, Smiley. Ich verbinde mit dem Chef . . .«

»Smiley, hier ist Maston. Sie haben doch am Montag Samuel Arthur Fennan einvernommen, ist das richtig?«

»Ja . . . ja, das stimmt.«

»Um was hat es sich gehandelt?«

»Ein anonymer Brief, in dem er beschuldigt wurde, in Oxford bei der Partei gewesen zu sein. Es war eine Routine-Einvernahme, die der Sicherheitsdirektor angeordnet hatte.«

(Fennan kann sich doch unmöglich beschwert haben, dachte Smiley. Es war doch gar nichts Irreguläres, überhaupt nichts.)

»Sind Sie auf ihn losgegangen? War es feindselig, Smiley, sagen Sie mir das.«

(Gott bewahre, das klingt ja, als ob er Angst hätte. Fennan muß das ganze Kabinett auf uns gehetzt haben.)

»Nein, es war eine besonders freundschaftliche Einvernahme. Ich glaube, daß wir einander sympathisch waren. Aber trotzdem, ich bin in einem Punkt über meinen Auftrag hinausgegangen.«

»Wie denn, Smiley, wie?«

»Ja, ich habe ihm mehr oder weniger gesagt, daß er sich keine Sorgen machen soll.«

»Wie bitte?«

»Ich sagte ihm, er solle sich keine Sorgen machen. Er war sichtlich ziemlich aufgeregt, deshalb habe ich das gesagt.«

»Was haben Sie ihm gesagt?«

»Ich sagte, ich hätte keinen Einfluß und auch der Dienst nicht. Aber ich könnte keinen Grund dafür sehen, daß wir ihn weiter belästigen sollten.«

»Ist das alles?«

Smiley schwieg einen Augenblick. So hatte er Maston noch nie kennengelernt und sich selbst noch nie so abhängig gefühlt.

»Ja, das ist alles, absolut alles.« (Das wird er mir nie vergeben. Die ganze wohl einstudierte Gemessenheit, die cremefarbenen Hemden und silbergrauen Krawatten, seine smarten Dejeuners mit Ministern waren beim Teufel.)

»Er behauptet, daß Sie seine Loyalität in Zweifel gezogen haben, daß seine Karriere im Außenamt ruiniert ist, daß er das Opfer von bezahlten Denunzianten ist.«

»Was sagt er? Er muß ja vollständig übergeschnappt sein. Er weiß doch ganz genau, daß wir keinen Verdacht gegen ihn haben. Was will er denn noch?«

»Nichts. Er ist tot. Heute abend um 10 Uhr 30 hat er sich umgebracht. Und einen Brief für den Außenminister hinterlassen. Die Polizei hat einen von den Sekretären angerufen und die Erlaubnis bekommen, ihn aufzumachen. Dann haben sie uns verständigt. Es wird eine Untersuchung geben. Sie sind Ihrer Sache doch sicher, Smiley, nicht wahr?«

»Sicher? Warum?«

». . . schon gut. Kommen Sie so schnell wie möglich her.«

Es hatte endlos gedauert, bis er ein Taxi bekam. Bei drei Standplätzen hatte er angerufen, ohne daß sich jemand meldete. Endlich reagierte der Standplatz Sloane Square, und Smiley wartete in seinen Mantel gehüllt am Fenster seines Schlafzimmers, bis er den Wagen vorfahren sah. Diese unwirkliche Beklemmung in der Stille der Nacht erinnerte ihn an die Luftangriffe in Deutschland.

Bei Cambridge Circus ließ er den Wagen hundert Meter vom Amt entfernt halten, teils aus alter Gewohnheit, teils, um sich vor dem zu erwartenden fieberhaften Frage-und-Antwort-Spiel mit Maston einen klaren Kopf zu schaffen.

Er wies dem diensthabenden Polizisten seine Legitimation vor und ging langsam zum Lift.

Als er ausstieg, begrüßte ihn der Diensthabende voll Erleichterung, und sie gingen zusammen den hellen cremefarbenen Korridor entlang.

»Maston ist in Scotland Yard, um mit Sparrow zu reden. Es gibt ein Tauziehen darum, welche Abteilung der Polizei den Fall behandeln soll. Sparrow sagt, die Sonderabteilung, Evelyn sagt C.I.D., und die Polizei von Surrey weiß nicht, wo ihr der Kopf steht. Eine peinliche und verwickelte Angelegenheit. Kommen Sie mit und trinken Sie eine Tasse Kaffee in der Ehrenhalle des Diensthabenden. Er ist aus der Thermosflasche, aber ganz gut.«

Smiley war froh, daß gerade an diesem Abend Peter Guillam Dienst hatte. Er war ein kultivierter und zuvorkommender Mann, der sich auf Satelliten-Spionage spezialisiert hatte, ein Mann von der Art der freundlichen Geister, die immer ein Taschenmesser und einen Fahrplan bei der Hand haben.

»Die Sonderabteilung hat um 0 Uhr 5 angerufen. Fennans Frau war ins Theater gegangen und fand ihn erst, als sie um dreiviertel elf allein zurückkam. Sie hat dann schließlich die Polizei angerufen.«

»Er hat irgendwo in Surrey gewohnt?«

»Ja, in Walliston, an der Nebenstraße nach Kingston. Nur ein kleines Stück außerhalb des eigentlichen Stadtgebietes. Als die Polizei eintraf, fand sie neben der Leiche auf dem Boden einen Brief an den Außenminister. Der Inspektor rief den Polizeidirektor an, und der wieder den Diensthabenden im Innenministerium, der sich mit dem Außenministerium in Verbindung setzte, und schließlich bekam die Polizei die Bewilligung, den Brief zu öffnen. Und dann ist der Tanz losgegangen.«

»Was weiter?«

»Dann hat uns der Personalchef angerufen. Er wollte die Privatnummer von Maston. Er hat gesagt, das ist das letzte Mal, daß der Sicherheitsdienst an seinem Personal herumfingert, daß Fennan ein begabter und loyaler Beamter gewesen sei, qua, qua, qua . . .«

»Das war er auch, ganz bestimmt!«

»Dann sagte er noch, diese ganze Affäre beweise schlagend, daß niemand den Sicherheitsdienst am Zügel habe – Gestapo-Methoden, die nicht einmal durch eine echte Gefahr entschuldigt werden könnten . . . qua, qua, qua . . . Ich habe ihm Mastons Nummer gegeben und wählte sie auf dem anderen Apparat, während er weitertobte. Durch diesen Geniestreich wurde ich das Außenministerium auf der einen Leitung los, während ich auf der anderen Verbindung mit Maston bekam und ihm die Neuigkeit brühwarm durchgab. Das war um null Uhr zwanzig. Maston kam hier um ein Uhr an, sozusagen hochschwanger – morgen früh wird er dem Minister Bericht erstatten müssen.«

Sie schwiegen einen Augenblick. Guillam goß Kaffee in die Tassen und gab aus einem elektrischen Kocher heißes Wasser dazu.

»Wie war er denn?« fragte er.

»Wer? Ach so, Fennan. Ja, bis gestern abend hätte ich Ihnen das sagen können. Aber jetzt ist er mir ein Rätsel. Dem Aussehen nach offenbar ein Jude. Aus einer orthodoxen Familie, aber das hat er alles in Oxford über Bord geworfen und ist Marxist geworden. Weitblickend, kultiviert ... ein vernünftiger Mensch. Spricht sanft, ein guter Zuhörer. Bei alldem gebildet. Sehr vielseitig, verstehen Sie. Wer auch immer es war, der ihn denunziert hat, er hatte recht. Er war nämlich tatsächlich bei der Partei.«

»Wie alt ist er denn?«

»Vierundvierzig. Sieht aber älter aus.« Während seine Augen durch das Zimmer wanderten, sprach Smiley weiter. »... ein sensibles Gesicht, eine Mähne von dunklem glattem Haar, wie es die Studenten tragen, das Profil eines Zwanzigjährigen; feine, trokkene Haut, ziemlich bleich, auch ziemlich gefurcht, überall Falten, die das Gesicht in Quadrate schneiden. Sehr schlanke Finger ... ein kompakter Bursche. Eine abgeschlossene, verschlossene Einheit. Vergnügte sich allein und litt auch allein, vermute ich.«

Maston trat ein, und sie erhoben sich.

»Aha, Smiley. Kommen Sie rein.« Er öffnete die Tür und streckte seinen linken Arm aus, um Smiley zuerst eintreten zu lassen.

Mastons Zimmer enthielt nicht ein einziges Möbelstück, das dem Staat gehörte. Er hatte einmal eine Sammlung von Aquarellen aus dem neunzehnten Jahrhundert gekauft, und von dieser hingen einige an den Wänden. Der Rest war von der Stange, entschied Smiley. Übrigens war auch Maston selbst von der

Stange. Sein Anzug war eine Spur zu grell, um noch als dezent zu gelten, und die Schnur seines Monokels war wie ein Strich auf seinem unvermeidlichen cremefarbenen Hemd. Er trug eine hellgraue Wollkrawatte, so daß ihn ein Deutscher sicher »flott« genannt hätte, dachte Smiley. Schick, das ist das rechte Wort – wie sich eine Bardame einen echten Gentleman erträumt.

»Ich war bei Sparrow. Es ist ein klarer Fall von Selbstmord. Die Leiche ist abtransportiert worden, und außer den normalen Formalitäten wird der Polizeidirektor keine weiteren Schritte einleiten. Die Leichenschaukommission wird in ein oder zwei Tagen zusammentreten. Man ist übereingekommen – das kann ich nicht deutlich genug unterstreichen, Smiley –, daß über unser seinerzeitiges Interesse an Fennan nicht ein Wort an die Presse kommen darf.«

»Ich verstehe.« (Sie sind gefährlich, Maston. Schwach sind Sie, und Angst haben Sie obendrein. Jeder andere Hals lieber als Ihrer . . . ich weiß schon. Wie Sie mich da ansehen, nehmen Sie mir direkt Maß für die Schlinge.)

»Glauben Sie bitte nicht, daß ich Sie kritisieren will, Smiley. Schließlich, wenn der Leiter des Sicherheitsdienstes die Einvernahme autorisiert hat, so brauchen Sie sich über nichts den Kopf zu zerbrechen.«

»Außer über Fennan.«

»Ganz richtig. Unglücklicherweise hat der Leiter des Sicherheitsdienstes es unterlassen, Ihren Antrag auf eine Einvernahme zu paraphieren. Ohne Zweifel hat er seine mündliche Zustimmung erteilt, nicht wahr?«

»Ja, das wird er sicher bestätigen.«

Maston sah Smiley wieder scharf und abschätzend an. In Smileys Kehle steckte plötzlich etwas. Er wußte, daß er unnachgiebig war, daß Maston ihn näher haben wollte, daß er mitkonspirieren sollte.

»Sie wissen ja, daß Fennans Amt mit mir in Kontakt war?«

»Ja.«

»Es wird eine Untersuchung stattfinden müssen. Vielleicht läßt sich nicht einmal die Presse draußen halten. Sicherlich muß ich gleich morgen früh zum Innenminister.« (Versuchen Sie nur, mir Angst einzujagen ... ich mache weiter ... vielleicht die Pensionierung ... auch nicht mehr zu verwenden ... aber ich werde an Ihrer Lüge nicht teilnehmen, Maston.) »Ich muß alle Tatsachen haben, Smiley. Ich muß meine Pflicht tun. Wenn Sie das Gefühl haben, daß Sie mir irgend etwas über diese Einvernahme sagen sollten, etwas, das Sie vielleicht nicht notiert haben, dann sagen Sie es mir jetzt und lassen Sie mich beurteilen, ob es wichtig ist.«

»Es ist nichts dem hinzuzufügen, was schon im Akt steht und was ich Ihnen heute abend gesagt habe, wirklich. Es wird Ihnen vielleicht helfen (das ›Ihnen‹ kam vielleicht ein bißchen zu betont heraus), wenn ich Ihnen noch sage, daß die Einvernahme in einer völlig formlosen Atmosphäre stattgefunden hat. Die Vorwürfe gegen Fennan waren ziemlich fadenscheinig: Parteimitgliedschaft an der Universität in den dreißiger Jahren und vages Gerede von Sympathie auch heute noch. Die Hälfte der Regierungsmitglieder waren in den dreißiger Jahren bei der Partei.« Maston runzelte die Stirn. »Als ich in sein

Zimmer im Außenamt kam, stellte sich heraus, daß dort ein recht reger Verkehr herrschte – ununterbrochen kamen Leute herein und gingen wieder, deshalb regte ich an, daß wir hinausgehen und einen Spaziergang im Park machen sollten.«

»Und was war weiter?«

»Ja, das taten wir also. Es war ein sonniger, kalter Tag, recht angenehm. Wir haben den Enten zugesehen.« Maston machte eine ungeduldige Bewegung. »Wir waren ungefähr eine halbe Stunde im Park – das Reden besorgte ausschließlich er. Er war ein intelligenter Mann und sprach flüssig und interessant, aber auch nervös, natürlich. Leute wie er sprechen gerne über sich selbst, und ich glaube, er war froh, sich die Sache vom Herzen reden zu können. Er berichtete mir die ganze Geschichte – es schien ihm auch nichts auszumachen, Namen zu nennen –, und dann gingen wir in ein Espresso in der Nähe von Millbank, das er kannte.«

»Ein was?«

»Eine Espresso-Bar. Sie verkaufen dort eine besondere Art von Kaffee für einen Shilling die Tasse. Wir haben einen getrunken.«

»Aha. Also unter diesen gastlichen Umständen haben Sie ihm dann gesagt, daß das Department keine weiteren Schritte empfehlen würde.«

»Ja, das tun wir ja oft, aber normalerweise machen wir keinen diesbezüglichen Vermerk.« Maston nickte. So etwas versteht er, dachte Smiley. Mein Gott, er ist wirklich ein recht verächtlicher Kerl. Es war direkt aufregend, festzustellen, daß Maston wirklich so unangenehm war, wie er erwartet hatte.

»Ich darf daher annehmen, daß sein Selbstmord –

und der Brief natürlich – Sie völlig überrascht haben? Eine Erklärung haben Sie nicht?«

»Es wäre merkwürdig, wenn ich eine hätte.«

»Haben Sie auch keine Ahnung, wer ihn denunziert haben könnte?«

»Nein.«

»Er war ja verheiratet, wie Sie wissen.«

»Ja.«

»Ob nicht ... es wäre denkbar, daß seine Frau einige der Lücken schließen könnte. Ich zögere zwar, das anzuregen, aber vielleicht sollte sie jemand vom Department besuchen und, soweit es die Umstände erlauben, über alles befragen.«

»Jetzt?« Smiley sah ihn ausdruckslos an.

Maston stand an seinem großen, niedrigen Schreibtisch und spielte mit dem Schlächterwerkzeug des Geschäftsmannes – Papiermesser, Zigarettendose und Feuerzeug –, den Requisiten offizieller Gastfreundschaft. Er zeigt einen vollen Zoll von seiner cremefarbenen Manschette, dachte Smiley und bewunderte seine gepflegten Hände.

Maston blickte auf und gab seinem Gesicht einen Ausdruck von Sympathie.

»Smiley, ich weiß, wie Ihnen zumute ist, aber trotz dieser Tragödie müssen Sie die Lage verstehen. Man wird von uns im Ministerium einen völlig erschöpfenden Bericht über diese Affäre verlangen, und meine besondere Aufgabe ist es, ihn zu geben. Besonders jede Art von Information über Fennans Gemütszustand unmittelbar nach der Einvernahme durch ... durch uns. Vielleicht hat er mit seiner Frau darüber gesprochen. Es muß nicht sein, aber wir müssen realistisch denken.«

»Wünschen Sie, daß ich hingehe?«

»Irgendwer muß es ja. Da ist noch die Frage der Leichenschau. Natürlich wird das das Innenministerium entscheiden müssen, aber im Augenblick haben wir einfach keine Tatsachen. Die Zeit drängt, und Sie kennen den Fall, weil Sie ja die Hintergründe untersucht haben. In dieser kurzen Zeit kann sich niemand in die Sache einarbeiten. Wenn überhaupt wer geht, dann werden Sie es sein müssen, Smiley.«

»Und wann soll ich gehen?«

»Es scheint, als wäre Mrs. Fennan eine etwas ungewöhnliche Frau. Eine Ausländerin, auch Jüdin, die während des Krieges schrecklich gelitten hat, was die Verwirrung nur noch größer macht. Sie hat einen starken Charakter und ist durch den Tod ihres Mannes verhältnismäßig wenig bewegt. Das ist zweifellos nur an der Oberfläche so. Aber sie ist feinfühlig und sie redet. Nach dem, was mir Sparrow sagt, verschließt sie sich nicht und wird Sie wahrscheinlich empfangen, sobald Sie hinkommen können. Die Polizei von Surrey kann ihr mitteilen, daß Sie auf dem Wege zu ihr sind, und Sie können sie gleich in der Früh besuchen. Ich werde Sie dann dort später am Tag anrufen.«

Smiley wandte sich zum Gehen.

»Oh ... übrigens, Smiley ...« Er fühlte Mastons Hand auf seinem Arm und drehte sich um. Maston hatte das Lächeln aufgesetzt, das er gewöhnlich für die älteren Damen des Dienstes reserviert hatte. »Smiley, Sie können natürlich auf mich zählen, das wissen Sie ja. Sie können mit meiner Unterstützung rechnen.«

Mein Gott, dachte Smiley, der arbeitet wirklich

Tag und Nacht. Wie ein Kabarett, das vierundzwanzig Stunden spielt. »Bei uns ist Tag und Nacht was los.« Er trat auf die Straße hinaus.

3

Elsa Fennan

Merridale Lane ist einer von jenen Winkeln in Surrey, wo die Einheimischen einen pausenlosen Verteidigungskrieg gegen das Stigma der Provinz führen. Bäume, die in allen Vorgärten nach Kräften gedüngt und sorgfältig gehegt werden, verbergen zum Teil die langweilig schäbigen Einheits-Wohnstätten, die sich hinter sie ducken. Die Ländlichkeit der Gegend wird noch unterstrichen durch die geschnitzten Eulen, die die Hausnamen bewachen, und Gartenzwerge, von denen die Farbe abblättert und die sich unermüdlich über Goldfischteiche beugen. Die Bewohner von Merridale Lane streichen ihre Zwerge nicht, weil sie glauben, daß das eine provinzielle Untugend wäre, und aus demselben Grund geben sie auch ihren Eulen keinen neuen Firnis, sondern warten geduldig darauf, daß der Zahn der Zeit diesen Schätzen das verwitterte Aussehen von Antiquitäten verleihen werde, auf daß eines Tages sogar die Balken der Garage mit ihren Käfern und Bohrwürmern prahlen mögen.

Es ist nicht gerade eine Sackgasse, obwohl die Grundstücksmakler das behaupten. Nach wenigen Häusern degeneriert diese Abzweigung der Entlastungsstraße nach Kingston verzagt zu einem Kiesweg, der seinerseits zu einem traurigen, kotigen Pfad durch Merries Field dahinschwindet, dieser endlich mündet in eine Gasse, die von Merridale Lane nicht zu unterscheiden ist. Bis etwa 1920 hatte dieser Weg zur Pfarrkirche geführt, aber jetzt steht die Kirche auf einem Platz, der eigentlich eine Verkehrsinsel an der Straße nach London ist, und der Pfad, auf dem die Gläubigen einst zum Gottesdienst gingen, bildet heute eine überflüssige Verbindung zwischen den Bewohnern von Merridale Lane und Cadogan Road. Der Streifen offenen Landes, der Merries Field heißt, hat bereits eine Bedeutung erlangt, die weit über seine Bestrebungen hinausgeht. Er hat einen tiefen Keil in den Bezirksrat getrieben, und zwar zwischen die Fortschrittlichen, die das Land erschließen, und die Konservativen, die den ursprünglichen Zustand erhalten wollen, und das so erfolgreich, daß gelegentlich die ganze Maschinerie der lokalen Verwaltung in Walliston blockiert war. Jetzt hat sich eine Art von natürlichem Kompromiß herauskristallisiert. Durch die drei Stahlmaste, die in regelmäßigen Abständen aufgestellt worden sind, wird Merries Field weder erschlossen noch in seinem ursprünglichen Zustand belassen. In der Mitte befindet sich eine offene, strohgedeckte Hütte, die sogenannte »Kriegergedächtnis-Ruhe«, die im Jahre 1951 in dankbarer Erinnerung an die Toten zweier Kriege und als Zufluchtsstätte für die Müden und Alten errichtet worden ist. Niemand scheint danach gefragt zu haben, was die Müden und Alten in Merries Field verloren haben könnten, aber wenigstens die Spinnen haben eine Zufluchtsstätte unter dem Dach, und als Sitzplatz war die Hütte den Monteuren der Maste bei ihren Mahlzeiten außerordentlich bequem und willkommen.

Kurz nach acht traf Smiley dort zu Fuß ein, nachdem er seinen Wagen vor der Polizeistation abgestellt hatte, die etwa zehn Minuten entfernt war.

Es regnete heftig, und die Tropfen, die einem der Wind ins Gesicht blies, waren so kalt, daß es fast schmerzte.

Die Polizei von Surrey hatte kein weiteres Interesse an der Sache, aber trotzdem hatte Sparrow einen Beamten der Sonderabteilung hingeschickt, der auf der Polizeistation bleiben und nötigenfalls als Verbindungsmann zwischen dem Sicherheitsdienst und der Polizei fungieren sollte. Über die Todesart Fennans bestand kein Zweifel. Er war durch die Schläfe aus kurzer Entfernung mit einer kleinen französischen Pistole, die in Lille im Jahre 1957 hergestellt worden war, erschossen worden. Man hatte sie unter der Leiche gefunden. Alle Umstände ließen auf Selbstmord schließen.

Das Haus Nummer fünfzehn in der Merridale Lane war niedrig, im Tudorstil gebaut, mit den Schlafzimmern in den Giebeln; der Oberteil der Garage war Zimmermannsarbeit. Es sah vernachlässigt aus, fast verwahrlost, als hätten irgendwelche Künstler drin gewohnt, dachte Smiley. Fennan schien nicht hierher zu passen. Man konnte sich eher vorstellen, daß er in Hampstead wohnte und ausländische Mädchen *au pair* bei ihm arbeiteten.

Er klinkte das Gittertor auf und ging langsam die Auffahrt zum Eingang hinauf, wobei er vergeblich versuchte, durch die verbleiten Fensterscheiben zu spähen. Es war bitterkalt. Er läutete.

Elsa Fennan öffnete die Tür.

»Sie haben angerufen und gefragt, ob es mir recht

ist. Ich wußte nicht recht, was ich sagen sollte. Bitte, kommen Sie herein.« Ein Anflug von deutschem Akzent klang mit.

Sie mußte älter sein, als Fennan gewesen war. Eine kleine, erregte Frau in den Fünfzigern mit kurzgeschnittenem, nikotinfarben aufgefärbtem Haar. Obwohl sie zart war, machte sie einen zähen und beherzten Eindruck, und die braunen Augen, die aus ihrem verschrobenen kleinen Gesicht leuchteten, waren von erstaunlicher Brillanz. Es war ein verbrauchtes Gesicht, das vor langer Zeit verheert und zerstört worden war, das eines Kindes, das unter Hunger und erschöpfenden Entbehrungen aufwächst, das Gesicht des ewigen Flüchtlings, das Gesicht aus den Lagern, dachte Smiley.

Sie hielt ihm ihre Hand hin – sie griff sich knöchern an. Er sagte ihr seinen Namen.

»Sie sind der Herr, der meinen Mann einvernommen hat«, sagte sie. »Über seine Loyalität.« Sie führte ihn in das niedrige dunkle Wohnzimmer. Es brannte kein Feuer. Smiley war plötzlich elend zumute. Loyalität, wem oder was gegenüber? Es klang nicht erbittert. Er war ein Unterdrücker, aber sie akzeptierte Unterdrückung.

»Ihr Mann war mir sehr sympathisch. Die Sache wäre in Ordnung gewesen.«

»In Ordnung? Was wäre in Ordnung gewesen?«

»Es lag dem ersten Anschein nach ein Grund zu einer Untersuchung vor – ein anonymer Brief – und man hat mir den Fall übertragen.« Er machte eine Pause und sah sie mit echter Teilnahme an. »Sie haben einen schrecklichen Verlust erlitten, Mrs. Fennan . . . Sie müssen ja vollkommen erschöpft sein.

Sicher haben Sie die ganze Nacht nicht geschlafen . . .«

Sie reagierte nicht auf seine Sympathie: »Danke, aber heute kann ich kaum hoffen zu schlafen. Schlaf ist ein Luxus, dessen ich mich nicht erfreue.« Sie blickte schräg auf ihren eigenen kleinen Körper hinunter. »Ich und mein Körper müssen zwanzig Stunden am Tag miteinander auskommen. Wir beide haben schon länger gelebt als die meisten Menschen . . . Ein schrecklicher Verlust, ja, das glaube ich. Aber verstehen Sie mich recht, Mr. Smiley, ich habe so lange Zeit nichts besessen als eine Zahnbürste, daß ich mich eigentlich nie mehr an Besitz gewöhnt habe, auch nicht nach acht Jahren Ehe. Übrigens habe ich Übung darin zu leiden.«

Sie lud ihn mit einem Kopfnicken ein, Platz zu nehmen, raffte mit einer merkwürdig altmodischen Bewegung ihr Kleid und setzte sich ihm gegenüber. Es war sehr kalt in diesem Zimmer. Smiley überlegte, ob er reden sollte. Er wagte nicht, sie anzusehen, sondern starrte nur vor sich hin und versuchte im Geiste, das abgespannte, verbrauchte Gesicht von Elsa Fennan zu durchdringen. Es schien endlos zu dauern, bevor sie zu sprechen begann.

»Sie sagten, daß er Ihnen sympathisch war. Offensichtlich haben Sie Ihrerseits ihm diesen Eindruck nicht vermittelt.«

»Ich habe den Brief Ihres Mannes nicht gesehen, aber ich habe von seinem Inhalt gehört.« Smileys ernstes, rundes Gesicht wandte sich ihr jetzt zu. »Es reimt sich einfach nicht zusammen. Ich habe ihm direkt gesagt, daß er so gut wie . . . daß wir empfehlen würden, die Angelegenheit als bereinigt zu betrachten.«

Sie wartete bewegungslos. Was konnte er sagen? – »Tut mir leid, daß ich Ihren Mann umgebracht habe, aber ich habe nur meine Pflicht getan.« (Pflicht wem gegenüber, um Himmels willen?) »Er war in der kommunistischen Partei in Oxford vor vierundzwanzig Jahren. Seine vor kurzem erfolgte Beförderung gab ihm Zutritt zu höchst geheimen Akten. Irgendein Wichtigtuer hat einen anonymen Brief geschrieben, und uns ist nichts anderes übriggeblieben, als der Sache nachzugehen. Das Verhör hat Ihren Mann in eine Art Melancholie versetzt, die ihn zum Selbstmord getrieben hat.« – Er sagte nichts.

»Es war ein Spiel«, sagte sie plötzlich. »Ein alberner Balanceakt mit Ideen. Es hat nichts mit ihm oder irgendeiner anderen wirklichen Person zu tun gehabt. Warum bemühen Sie sich? Gehen Sie zurück nach Whitehall und sehen Sie sich in Ihren Schreibtischladen nach anderen Spionen um.« Sie machte eine Pause, ohne ein weiteres Zeichen der Erregung zu geben außer dem Flackern ihrer dunklen Augen. »Es ist eine uralte Krankheit, an der Sie leiden, Mr. Smiley«, fuhr sie fort und nahm eine Zigarette aus der Dose. »Und ich habe schon viele Opfer dieser Krankheit gesehen. Der Verstand löst sich vom Körper, er denkt ohne Realität, regiert in einem Königreich aus Papier und erfindet ohne Gemütsbewegung den Untergang seiner Papieropfer. Aber manchmal hat die Trennungswand zwischen eurer Welt und unserer Löcher. Die Akten werden zu Köpfen, Armen und Beinen, und das ist eine schreckliche Situation, nicht wahr? Die Namen haben neben den Dossiers auch Familien und menschliche Motive, die die traurigen kleinen Aktennotizen und konstruierten Vergehen erklären können. Wenn so was passiert, dann tut ihr mir leid.« Sie machte eine kurze Pause und fuhr dann fort: »Es ist wie mit dem Staat und dem Volk. Der Staat ist auch so ein Traum, ein Symbol für nichts, ein Vakuum, ein Geist ohne Körper, ein Spiel, das mit Wolken am Himmel gespielt wird. Aber Staaten führen Krieg, nicht wahr, und sperren Menschen ein. In Doktrinen zu träumen, wie sauber ist das doch! Mein Mann und ich sind jetzt gesäubert worden, hab ich nicht recht?« Sie sah ihn starr an. Jetzt war ihr Akzent deutlicher zu hören als früher.

»Ihr nennt euch den Staat, Mr. Smiley. Unter Menschen aus Fleisch und Blut ist für euch kein Platz. Ihr habt aus heiterem Himmel eine Bombe fallen lassen. Kommt jetzt nicht herunter und seht euch das Blut an oder hört euch das Stöhnen an.«

Sie hatte ihre Stimme nicht erhoben und sah über ihn hinweg in die Ferne.

»Ich glaube, Sie sind schockiert. Ich sollte wahrscheinlich weinen, aber ich habe keine Tränen mehr, Mr. Smiley, ich bin ausgedörrt. Die Kinder meines Schmerzes sind tot. Ich danke Ihnen, daß Sie gekommen sind, Mr. Smiley. Sie können wieder zurückgehen. Hier können Sie nichts weiter tun.«

Er saß vorgelehnt in seinem Stuhl und rieb auf den Knien seine dicken Hände aneinander. Er sah gequält und scheinheilig aus wie ein Kolonialwarenhändler, der das Evangelium liest. Die Haut seines Gesichtes war weiß und glänzte an den Schläfen und über der Oberlippe. Nur unter seinen Augen war Farbe. Hellviolette Halbmonde, die durch die Fassung seiner Brille in zwei Teile geteilt wurden.

»Hören Sie, Mrs. Fennan, diese Einvernahme war fast eine Normalität. Ich glaube sogar, daß sie Ihrem Mann direkt Vergnügen machte. Ich vermute, er war sogar glücklich, es überstanden zu haben.«

»Wie können Sie so etwas sagen, wie können Sie das, wo doch . . .«

»Aber ich sage Ihnen doch, daß es wahr ist. Nicht einmal in einem Amt haben wir das Palaver abgehalten. Wie ich hingekommen bin, habe ich gleich gesehen, daß sein Büro eine Art Durchzugstraße zwischen zwei anderen Räumen ist, deshalb sind wir hinaus in den Park gegangen und landeten schließlich in einem Café – kaum eine peinliche Befragung, wie Sie sehen. Ich habe ihm auch gesagt, daß er sich keine Sorgen machen soll – ausdrücklich habe ich das gesagt. Ich verstehe den Brief einfach nicht, er steht direkt in . . .«

»Ich denke nicht an den Brief, Mr. Smiley, sondern an das, was er mir gesagt hat.«

»Wie meinen Sie das?«

»Die Einvernahme hat ihn fürchterlich aufgeregt, das hat er mir gesagt. Wie er am Montag abend nach Hause gekommen ist, war er völlig verzweifelt, fast verwirrt. Er brach in einem Stuhl zusammen, und ich habe ihn überredet, zu Bett zu gehen. Dann habe ich ihm ein Beruhigungsmittel gegeben, das die halbe Nacht gewirkt hat. Am nächsten Morgen hat er noch immer davon gesprochen. Das Erlebnis hat ihn bis zu seinem Tod ununterbrochen beschäftigt.«

Im oberen Stockwerk läutete das Telefon. Smiley erhob sich.

»Entschuldigen Sie bitte, das wird mein Amt sein. Sie gestatten doch.«

»Es ist im vorderen Schlafzimmer, gerade über uns.«

Smiley ging langsam hinauf. Er befand sich in einem Zustand völliger Verwirrung. Was sollte er Maston jetzt sagen?

Er hob den Hörer ab und sah mechanisch auf die Nummer des Apparates.

»Walliston 2944.«

»Hier ist das Fernsprechamt. Guten Morgen. Ihr Weckanruf für acht Uhr dreißig.«

»Ach ja, danke schön.«

Er legte auf und war für die kleine Erholungsfrist dankbar. Dann warf er einen kurzen Blick auf das Schlafzimmer. Es war das Fennans, einfach, aber bequem eingerichtet. Zwei Lehnstühle vor dem Gaskamin. Smiley erinnerte sich jetzt daran, daß Elsa Fennan nach dem Krieg drei Jahre lang bettlägerig gewesen war. Es war wahrscheinlich ein Überbleibsel aus dieser Zeit, daß sie auch jetzt abends im Schlafzimmer gesessen hatten. Die Nischen beiderseits des Kamins waren voll mit Büchern, und in einer Ecke des Zimmers stand eine Schreibmaschine auf einem Tisch. An der ganzen Anordnung war irgend etwas rührend Intimes, und vielleicht zum erstenmal wurde Smiley die Tragödie von Fennans Tod unmittelbar bewußt. Er kehrte in das Wohnzimmer zurück.

»Es war für Sie. Der Weckanruf für acht Uhr dreißig von der Zentrale.«

Er merkte, daß eine Pause entstand, und sah sie gleichgültig an. Aber sie hatte sich von ihm weggewendet und sah zum Fenster hinaus. Ihr schlanker Rücken war aufgerichtet und bewegungslos, während sich ihr glattes kurzes Haar dunkel gegen das Morgenlicht abhob.

Plötzlich starrte er sie mit großen Augen an. Es war da etwas passiert, das ihm schon oben im Schlafzimmer hätte auffallen sollen, etwas so Unwahrscheinliches, daß sein Hirn im Augenblick unfähig war, es zu erfassen. Mechanisch redete er weiter. Er mußte weg von hier, weg vom Telefon und Mastons hysterischer Fragerei, weg von Elsa Fennan und ihrem dunklen, ruhelosen Haus. Nur weg, um nachzudenken.

»Ich habe Sie schon genug belästigt, Mrs. Fennan, und ich will jetzt Ihren Rat annehmen und nach Whitehall zurückkehren.«

Wieder die kalte, zarte Hand, die gemurmelten Beileidsworte. Er holte sich seinen Mantel in der Halle und trat in das frühe Licht hinaus. Die Wintersonne war nach dem Regen gerade einen Augenblick durch die Wolken gebrochen und ließ die Bäume und Häuser von Merridale Lane in nassen Farben erstrahlen. Der Himmel war noch dunkelgrau, und die Welt darunter, merkwürdig hell, gab das Sonnenlicht zurück, das sie aus dem Nichts gestohlen hatte.

Langsam ging er den Kiesweg hinunter. Er hatte Angst davor, zurückgerufen zu werden.

Voll der verwirrendsten Gedanken kehrte er in die Polizeistation zurück. Zunächst einmal war es nicht Elsa Fennan, die die Zentrale gebeten hatte, sie an diesem Morgen um acht Uhr dreißig zu wecken . . .

4

Kaffee im »Fountain«

Der Oberinspektor des C.I.D. in Walliston war eine großzügige, heitere Seele, die berufliches Können nach Dienstjahren beurteilte und das auch für richtig hielt. Sparrows Inspektor, Mendel, hingegen war ein dürrer Mann mit einem Wieselgesicht, der aus einem Mundwinkel heraus und sehr schnell sprach. Smiley verglich ihn heimlich mit einem Wildhüter – einem Mann, der sein Gebiet kannte und Eindringlinge nicht schätzte.

»Ich habe eine Botschaft von Ihrer Abteilung. Sie sollen Ihren Chef sofort anrufen.« Der Oberinspektor deutete mit seiner riesigen Hand auf das Telefon und ging durch die offene Tür aus seinem Büro. Mendel blieb. Smiley betrachtete ihn einen Augenblick sehr ernst und abschätzend.

»Schließen Sie die Tür!« Mendel ging hin und zog sie langsam zu.

»Ich möchte bei der Telefonzentrale in Walliston etwas erheben. Mit wem setzt man sich da am besten in Verbindung?«

»Mit der stellvertretenden Leiterin normalerweise. Die Leiterin hat ihren Kopf immer in den Wolken. Die Stellvertreterin macht die Arbeit.«

»Irgendwer aus dem Haus Merridale Lane Nummer fünfzehn hat darum gebeten, heute um acht Uhr dreißig geweckt zu werden. Ich möchte wissen, wann das geschehen ist und wer es war. Ich möchte auch wissen, ob vielleicht ein Dauerauftrag zum Wecken am Morgen vorliegt, und wenn das der Fall ist, die Details.«

»Wissen Sie die Nummer?«

»Walliston 2944. Der Teilnehmer heißt Samuel Fennan, denke ich.«

Mendel ging zum Telefon und wählte die Null. Während er auf Antwort wartete, sagte er zu Smiley: »Sie wollen sicher nicht, daß jemand davon erfährt, wie?«

»Nein. Nicht einmal Sie. Wahrscheinlich nichts dahinter. Wenn wir aber ›Mord‹ zu schreien anfangen, dann werden wir . . .«

Mendel hatte Verbindung mit der Zentrale bekommen und fragte nach der Stellvertreterin.

»Hier spricht das C.I.D. Walliston, das Büro des Oberinspektors. Wir haben eine Anfrage . . . ja, natürlich . . . dann rufen Sie mich zurück . . . C.I.D. externe Leitung, Walliston 2421.«

Er legte den Hörer wieder auf und erwartete den Rückruf der Zentrale. »Vernünftiges Mädchen«, brummte er, ohne Smiley anzusehen. Das Telefon läutete, und er begann sofort zu sprechen.

»Wir untersuchen einen Einbruchdiebstahl in Merridale Lane Nummer achtzehn. Es ist vielleicht möglich, daß die Diebe das Haus Nummer fünfzehn als Beobachtungspunkt für das gegenüberliegende Haus benutzten. Haben Sie eine Möglichkeit, die ankommenden und abgehenden Telefongespräche auf der Nummer Walliston 2944 während der letzten vierundzwanzig Stunden festzustellen?«

Es entstand eine Pause. Mendel legte seine Hand über das Mundstück und drehte sich mit einem leichten Grinsen zu Smiley um. Smiley begann plötzlich Sympathie für ihn zu empfinden.

»Sie fragt die Mädchen«, sagte Mendel. »Und sie will die Abrechnungszettel durchsehen.« Er konzentrierte sich wieder auf das Telefon und begann Ziffern auf den Block des Oberinspektors zu kritzeln. Plötzlich hielt er inne und lehnte sich nach vorne über den Schreibtisch.

»Ja, ja.« Im Gegensatz zu seiner Haltung war seine Stimme gleichgültig. »Wann hat sie denn darum ersucht?« Wieder eine Pause ... »Um neunzehn Uhr fünfundzwanzig ... wie, ein Mann? Ist die Telefonistin ganz sicher, bestimmt? ... Aha. Gut, das geht in Ordnung. Trotzdem vielen Dank. Na ja, wenigstens wissen wir Bescheid ... aber nein, Sie haben uns sehr geholfen ... nichts als eine Annahme, sonst gar nichts ... müssen die Sache eben von einer anderen Seite her anpacken, nicht wahr. Also, nochmals vielen Dank. Sehr freundlich, ja, behalten Sie es bei sich ... auf Wiederhören.« Er legte auf, riß das Blatt von dem Block und steckte es in seine Tasche.

Smiley sagte ruhig: »Da unten am Ende der Straße ist ein scheußliches Café. Ich brauche ein Frühstück. Kommen Sie mit und trinken Sie eine Tasse Kaffee mit mir.« Das Telefon läutete. Smiley konnte Maston am anderen Ende der Leitung förmlich fühlen. Mendel sah ihn einen Augenblick an und schien zu verstehen. Sie ließen es läuten und gingen schnell aus der Polizeistation in Richtung High Street.

Das Café »Fountain« (Besitzerin Miss Gloria Adam) war ganz im Tudorstil gehalten, mit viel Messing und billigem lokalem Kitsch, mehr als sonstwo. Miss Adam schenkte den scheußlichsten

Kaffee südlich von Manchester aus und sprach von ihren Gästen als: »Meine Freunde«. Miss Adam machte auch mit Freunden keine Geschäfte, sondern raubte sie ganz einfach aus, was die Illusion von vornehmem Dilettantismus, auf die sie so großen Wert legte, noch verstärkte. Ihre Herkunft lag im Dunkel, aber sie sprach oft von ihrem verstorbenen Vater als dem »Oberst«. Unter denjenigen von Miss Adams Freunden, die für diese Freundschaft besonders schwer bezahlt hatten, ging das Gerücht, daß die besagte Würde eines Obersten von der Heilsarmee verliehen worden war.

Mendel und Smiley saßen an einem Ecktisch in der Nähe des Kaminfeuers und warteten auf das, was sie bestellt hatten. Mendel sah Smiley von der Seite her an: »Das Mädchen erinnert sich genau an den Anruf. Er kam gerade am Ende ihrer Schicht – fünf Minuten vor acht, gestern abend. Es war eine Bestellung für einen Weckruf für heute morgen um acht Uhr dreißig. Es war Fennan selbst – das beschwört das Mädchen.«

»Wieso?«

»Dieser Fennan hat offenbar am Weihnachtstag in der Zentrale angerufen, und dasselbe Mädchen hatte Dienst. Er wollte ihnen allen ›Fröhliche Weihnachten‹ wünschen. Sie war ganz gerührt, und sie haben sehr nett miteinander geplaudert. Sie ist ganz sicher, daß es dieselbe Stimme war. ›Ein sehr kultivierter Herr‹, hat sie gesagt.«

»Aber es ist unverständlich. Um zehn Uhr dreißig hat er seinen Abschiedsbrief geschrieben. Was ist zwischen acht und dieser Zeit passiert?«

Mendel griff nach einer alten speckigen Aktentasche. Sie hatte kein Schloß. Mehr wie eine Notenmappe, dachte Smiley. Dieser entnahm er eine gewöhnliche braune Kartonmappe und gab sie Smiley. »Das Faksimile des Briefes. Der Chef hat gesagt, daß ich Ihnen eine Kopie geben soll. Sie schicken das Original an das Außenamt und eine weitere Abschrift direkt an Marlene Dietrich.«

»Wer zum Teufel ist das?«

»Tut mir leid, mein Herr. So nennen wir Ihren Chef. Ziemlich allgemein in der Branche. Tut mir leid, mein Herr.«

Wie herrlich, dachte Smiley, einfach unglaublich herrlich. Er öffnete die Mappe und sah sich die Kopie an. Mendel redete weiter: »Der erste Abschiedsbrief in Maschinenschrift, der mir je untergekommen ist. Übrigens auch der erste mit der Zeit drauf. Die Unterschrift sieht aber aus, als wäre sie in Ordnung. Ich habe sie auf der Station mit einer Empfangsbestätigung verglichen, die er einmal für irgendeinen verlorenen Gegenstand unterschrieben hat. Die ist goldrichtig.«

Der Brief war auf der Maschine geschrieben, wahrscheinlich einer Portable. Genauso wie die anonyme Denunziation, die stammte auch von einer Portable. Unter diesem Brief hier stand Fennans nette, gut leserliche Unterschrift. Unter der gedruckten Adresse am Kopf des Blattes war das Datum getippt und darunter die Zeit: 10.30 abends.

Sehr geehrter Sir David,

nach einigem Zögern habe ich beschlossen, mir das Leben zu nehmen. Ich kann die Jahre, die mir noch verbleiben würden, nicht in einer

Atmosphäre des Verdachtes auf Verrat verbringen. Es ist mir klar, daß meine Karriere ruiniert ist und daß ich das Opfer von bezahlten Denunzianten bin.

Ihr ergebener
Samuel Fennan

Smiley las den Brief mehrere Male durch. Konzentriert spitzte er die Lippen, und seine Augenbrauen hoben sich ein wenig, als wäre er erstaunt. Mendel fragte ihn: »Wie sind Sie draufgekommen?«

»Auf was?«

»Na, die Sache mit dem Anruf am Morgen.«

»Ach so. Ich habe den Anruf entgegengenommen. Dachte, er wäre für mich. Aber das war nicht der Fall – es war die Zentrale mit dieser Geschichte. Auch da ist der Groschen noch nicht gefallen. Ich habe geglaubt, es wäre für sie, verstehen Sie. Ich bin hinuntergegangen und habe es ihr gesagt.«

»Hinunter?«

»Ja, sie haben das Telefon im Schlafzimmer. So an der Bettkante, ja ... sie war doch früher lange krank, verstehen Sie, und sie haben das Zimmer so gelassen, wie es damals war, nehme ich an. Es sieht auf der einen Seite wie ein Studierzimmer aus. Bücher, Schreibmaschine, Schreibtisch und so weiter.«

»Eine Schreibmaschine?«

»Ja, eine Portable. Ich vermute, daß er darauf diesen Brief geschrieben hat. Aber als ich den Anruf entgegennahm, hatte ich vergessen, daß Mrs. Fennan ihn unmöglich bestellt haben konnte.«

»Warum nicht?«

»Sie leidet an Schlaflosigkeit, hat sie mir gesagt. Sie hat eine Art Scherz damit gemacht. Ich riet ihr, sich etwas auszuruhen, und sie sagte nur: ›Mein Körper und ich müssen zwanzig Stunden am Tag miteinander auskommen. Wir haben schon länger gelebt als die meisten Menschen.‹ Noch etwas hat sie gesagt. Ja, daß sie nicht den Luxus des Schlafes genieße. Also warum sollte sie sich um acht Uhr dreißig wecken lassen?«

»Warum ihr Mann? – Warum andere Leute? Das ist ja beinahe Lunchzeit. Gott helfe dem Staatsdienst.«

»Ganz richtig. Darüber zerbreche ich mir auch den Kopf. Das Außenamt fängt zugegebenerweise spät an – um zehn, glaube ich. Aber auch in diesem Fall wäre es für Fennan höchste Zeit zum Anziehen, Rasieren, Frühstücken und den Zug erwischen gewesen, wenn er nicht vor acht Uhr dreißig aufgestanden wäre. Übrigens hätte seine Frau ihn wecken können.«

»Vielleicht wollte sie sich nur interessant machen, als sie sagte, daß sie nicht schlafen kann«, meinte Mendel. »Das machen Frauen gerne, mit Schlaflosigkeit, Migräne und solchem Zeug. Dann glauben die Leute, sie sind sensibel und temperamentvoll. Humbug, das meiste.«

Smiley schüttelte den Kopf: »Nein, sie kann den Anruf nicht bestellt haben, bestimmt nicht. Sie war doch vor dreiviertel elf nicht daheim. Aber auch wenn man annimmt, daß sie sich bei der Zeitangabe für ihre Rückkehr geirrt hat, konnte sie nicht zum Telefon gehen, ohne die Leiche ihres Mannes zu finden. Und das können Sie mir nicht einreden, daß dann ihre erste Reaktion war, hinaufzugehen und einen Weckruf zu bestellen.«

Eine Zeitlang tranken sie schweigend ihren Kaffee.

»Noch etwas«, sagte Mendel.

»Ja?«

»Seine Frau ist um dreiviertel elf aus dem Theater zurückgekommen, nicht wahr?«

»Ja, das sagt sie.«

»War sie allein dort?«

»Keine Ahnung.«

»Wetten, nein. Ich möchte wetten, daß sie da die Wahrheit sagen mußte und den Brief mit der Zeitangabe versehen hat, um ein Alibi zu bekommen.«

Smiley kehrte im Geiste zu Elsa Fennan zurück, ihrem Zorn und ihrer Ergebung. Es kam ihm unsinnig vor, so von ihr zu reden. Nein. Elsa Fennan nicht. Nein.

»Wo ist die Leiche gefunden worden?« fragte Smiley.

»Unten am Fuß der Stiege.«

»Am Fuß der Stiege?«

»Ja, der Länge nach auf dem Boden der Halle. Der Revolver lag unter ihm.«

»Und der Brief. Wo war der?«

»Neben ihm auf dem Boden.«

»Sonst noch was?«

»Ja. Eine Kanne Kakao im Wohnzimmer.«

»Aha. Fennan beschließt also, Selbstmord zu begehen. Er bittet die Zentrale, ihn um halb neun zu wecken. Dann kocht er sich Kakao und stellt ihn in das Wohnzimmer. Er geht hinauf und schreibt seinen letzten Brief auf der Maschine. Dann kommt er herunter und erschießt sich. Den Kakao trinkt er nicht mehr. Paßt alles glänzend zusammen!«

»Ja, nicht wahr. Übrigens, sollten Sie nicht endlich Ihr Amt anrufen?«

Smiley sah Mendel unbestimmt an. »Das ist das Ende einer wunderbaren Freundschaft«, sagte er. Während er zu dem Automaten neben einer Tür, auf der »Privat« stand, ging, hörte er, wie Mendel sagte: »Ich möchte wetten, daß Sie das allen unseren Jungen sagen.« Er lächelte sogar, als er Mastons Nummer verlangte.

Maston wollte ihn sofort sehen.

Er ging zu ihrem Tisch zurück. Mendel rührte in einer zweiten Tasse Kaffee herum, als ob das seine ganze Konzentration erfordere. Er aß ein riesiges Brötchen.

Smiley blieb neben ihm stehen. »Ich muß zurück nach London.«

»Da werden Sie wie die Katze in den Taubenschlag kommen.« Das Wieselgesicht drehte sich ihm abrupt zu. »Oder nicht?« Er sprach mit dem vorderen Teil seines Mundes, während der rückwärtige Teil sich noch mit dem Brötchen beschäftigte.

»Wenn Fennan ermordet worden ist, dann kann keine Macht der Welt die Presse daran hindern, sich der Sache zu bemächtigen«, fügte er halb zu sich hinzu. »Ich glaube kaum, daß Maston darüber sehr erbaut wäre. Da würde er Selbstmord schon vorziehen.«

Smiley runzelte finster die Stirn. Er konnte schon hören, wie Maston seinen Verdacht lächerlich machen und ungeduldig verspotten würde. »Ich weiß nicht«, sagte er, »ich weiß wirklich nicht.«

Zurück nach London, dachte er, zurück zu Mastons ›Idealem Heim‹, zurück zu der Rattenjagd. Und zurück zu der Irrealität, eine menschliche Tragödie in einem drei Seiten langen Bericht unterzubringen.

Es goß wieder in Strömen, aber jetzt war der Regen warm. Auf dem kurzen Weg zwischen dem Café »Fountain« und der Polizeistation wurde er sehr naß. Er zog den Mantel aus und warf ihn hinten in den Wagen. Es war ihm eine Erleichterung, aus Walliston wegzukommen – obwohl es nach London ging. Als er in die Hauptstraße einbog, sah er aus einem Augenwinkel heraus die Gestalt Mendels, der in stoischer Ruhe auf dem Gehsteig der Station zutrabte. Sein grauer Eden-Hut war vom Regen ganz schwarz geworden und hatte völlig die Form verloren. Smiley hatte nicht daran gedacht, daß er vielleicht nach London hätte mitfahren wollen, und kam sich undankbar vor. Mendel, von der heiklen Situation unberührt, machte die Tür auf und stieg ein.

»So ein Glück«, bemerkte er. »Züge hasse ich. Fahren Sie nach Cambridge Circus? Kippen Sie mich bitte irgendwo in Westminster raus.«

Sie fuhren los, und Mendel zog eine schäbige grüne Tabaksdose aus der Tasche und rollte sich eine Zigarette. Er bewegte sie gegen seinen Mund hin, besann sich dann aber, bot sie Smiley an und entzündete sie ihm mit einem außergewöhnlichen Feuerzeug, das eine fünf Zentimeter lange blaue Flamme von sich gab. »Sie sehen direkt krank vor Sorgen aus«, sagte Mendel.

»Bin ich auch.«

Sie schwiegen eine Weile. Dann sagte Mendel: »Sie sind von einem unbekannten Teufel besessen.«

Als sie etwa vier oder fünf Meilen weitergefahren waren, lenkte Smiley den Wagen zum Straßenrand und drehte sich dann Mendel zu.

»Hätten Sie sehr viel dagegen, wenn wir nach Walliston zurückfahren würden?«

»Gute Idee. Zurückfahren und sie fragen.«

Er wendete den Wagen und fuhr langsam zurück nach Walliston hinein und zur Merridale Lane. Er ließ Mendel im Wagen und ging den vertrauten Kiesweg hinauf.

Sie öffnete und wies ihn ohne ein weiteres Wort ins Wohnzimmer. Sie trug noch immer dasselbe Kleid, und Smiley dachte, was sie wohl gemacht hatte, seit er sie am Morgen verlassen hatte.

War sie im Haus herumgegangen oder bewegungslos im Wohnzimmer gesessen? Oder oben in dem Schlafzimmer mit den Lederstühlen? Wie kam sie sich vor in ihrer neuen Witwenschaft? Hatte sie sich schon gefaßt, oder war sie noch immer in dem tief erregten Zustand, der für gewöhnlich auf einen so schmerzlichen Verlust folgt? Sah sie noch in den Spiegel, und versuchte sie, die Veränderung, die Spur des Schreckens, in ihrem Gesicht zu finden, und weinte sie, wenn sie keine fand?

Sie blieben stehen – beide vermieden instinktiv eine Wiederholung des Zusammentreffens von heute morgen.

»Ich muß Sie noch eines fragen, Mrs. Fennan. Es tut mir leid, daß ich Sie ein zweites Mal belästigen muß.«

»Wegen des Anrufes, nehme ich an. Der Weckruf von der Zentrale.«

»Ja.«

»Ich habe mir gedacht, daß Ihnen das rätselhaft vorkommen wird. Eine Schlaflose läßt sich wecken!« Sie machte den Versuch, heiter zu sprechen.

»Ja, es ist mir merkwürdig vorgekommen. Gehen Sie oft ins Theater?«

»Ja. Alle vierzehn Tage. Ich bin Mitglied des Repertoire-Klubs in Weybridge, verstehen Sie. Ich bemühe mich, zu allen Vorstellungen zu gehen, die sie geben. Ich habe am ersten Dienstag nach jeder Premiere einen Sitz reserviert. Mein Mann hat am Dienstag immer bis spät gearbeitet. Er ist nie mitgegangen, er hat sich nur klassische Stücke angesehen.«

»Aber Brecht hat er gern gehabt, nicht wahr? Er schien von den Aufführungen des Berliner Ensembles in London ganz begeistert gewesen zu sein.«

Sie sah ihn einen Augenblick an und lächelte dann plötzlich – das erstemal, seit er sie kannte. Es war ein bezauberndes Lächeln. Ihr ganzes Gesicht erhellte sich wie das eines Kindes.

Smiley sah sie einen Augenblick im Geiste als Kind. Eine schlaksige, flinke, ausgelassene Range wie George Sands »Petite Fadette« – halb Weib, halb geschwätziges Mädchen, das lügen kann wie gedruckt. Er sah sie als schmeichelnden Backfisch, wie sie sich wie eine Katze verteidigte, und er sah sie auch verhungert und eingefallen im Konzentrationslager, hemmungslos im Kampf um ihr Leben. Es war erschütternd, in diesem Lächeln das Licht ihrer einstigen Unschuld und zugleich eine bewährte Waffe im Kampf um die Selbsterhaltung zu erleben.

»Ich fürchte, die Erklärung für diesen Anruf ist sehr einfältig«, sagte sie. »Ich leide an einem schrecklich schlechten Gedächtnis – wirklich fürchterlich. Ich gehe einkaufen und vergesse, was ich wollte, treffe am Telefon eine Verabredung, und in dem Augenblick, in dem ich den Hörer auflege, kann ich mich an nichts mehr erinnern. Ich bitte Leute zum Wochenende zu uns, und wenn sie kommen, sind wir nicht zu Hause. Manchmal, wenn es etwas gibt, an das ich mich unbedingt erinnern muß, dann klingle ich die Zentrale an und bitte um einen Anruf fünf Minuten vor der ausgemachten Zeit. Das ist so wie ein Knoten im Taschentuch, aber ein Knoten kann nicht für einen auf die Klingel drücken, nicht wahr?«

Smiley sah sie scharf an. Die Kehle war ihm ziemlich trocken, und er mußte schlucken, bevor er sprach.

»Und welchem Zweck diente der Anruf diesmal, Mrs. Fennan?«

Wieder das bezaubernde Lächeln: »Das ist es ja. Ich habe es völlig vergessen.«

5

Maston und Kerzenlicht

Während Smiley langsam nach London zurückfuhr, vergaß er vollkommen, daß Mendel neben ihm saß.

Es hatte eine Zeit gegeben, da hatte ihm das Fahren an und für sich schon eine Erleichterung bedeutet, damals hatte er in der Unwirklichkeit einer langen, einsamen Reise ein Beruhigungsmittel für sein gemartertes Hirn gefunden, da hatte es ihm die Ermüdung durch das Fahren nach einigen Stunden erlaubt, seine düsteren Sorgen zu vergessen.

Es war wohl eines der tückischen Kennzeichen seines mittleren Lebensalters, daß er auf diese Weise seine Gedanken nicht mehr in den Hintergrund schieben konnte. Jetzt waren dazu schärfere Mittel notwendig. Er versuchte sogar gelegentlich, sich Spaziergänge durch europäische Städte auszudenken – um sich an die Läden und Gebäude zu erinnern, an denen er vorbeikommen würde, zum Beispiel in Bern auf einem Gang vom Münster zur Universität. Aber trotz dieses energischen geistigen Exerzitiums pflegten sich ihm die Geister der Gegenwart immer wieder aufzudrängen und seine Träume zu vertreiben. Es war Ann, die ihn seines Friedens beraubt hatte, Ann, die einst die Gegenwart so wichtig gemacht und ihn ein Leben der Wirklichkeit gelehrt hatte. Und als sie ging, war nichts mehr.

Er konnte nicht glauben, daß Elsa Fennan ihren Mann getötet haben sollte. Ihr Instinkt war, zu verteidigen, die Schätze ihres Lebens festzuhalten, um sich die Symbole einer normalen Existenz aufzupflanzen. In ihr war keine Aggression, nur der Wille zu bewahren.

Aber was wußte man schon? Wie sagt doch Hesse? »Seltsam, im Nebel zu wandern, Leben heißt einsam sein. Kein Baum kennt den andern, jeder ist allein.« Wir wissen nichts voneinander, nichts, sinnierte Smiley. Wie nahe wir auch beisammen leben, und wenn wir auch bei Tag und Nacht die tiefsten Gedanken des anderen ergründeten, wir wissen nichts. Wie kann ich ein Urteil über Elsa Fennan abgeben? Ich glaube, daß ich ihr Leid und ihre furchtsamen Lügen verstehe, aber was weiß ich von ihr? Nichts.

Mendel deutete auf einen Wegweiser.

»... Da wohne ich. Mitcham. Wirklich kein schlechter Platz. Mir sind die Junggesellenwohnungen schon zum Hals herausgehangen. Dort unten habe ich mir ein kleines Haus gekauft. Für den Ruhestand ...«

»Ruhestand? Das hat wohl noch lange Zeit.«

»Ja, drei Tage. Deshalb habe ich diese Arbeit bekommen. Nichts dran. Keine Komplikationen. Geben wir es dem alten Mendel, er wird schon Mist machen.«

»Na gut, dann werden wir also beide ab Montag arbeitslos sein.«

Er brachte Mendel zu Scotland Yard und fuhr dann weiter zum Cambridge Circus. Beim Eintreten in das Haus wurde ihm klar, daß alle informiert waren. Den Eindruck machten sie. Ein kleiner Unterschied in ihrem Blick, ihrem Benehmen. Er ging direkt in Mastons Zimmer. Seine Sekretärin saß an ihrem Schreibtisch und blickte rasch auf, als er eintrat.

»Ist der Chef da?«

»Ja, er erwartet Sie. Er ist allein. Klopfen Sie und gehen Sie hinein.« Aber Maston hatte schon die Tür geöffnet und rief ihn. Er trug ein schwarzes Sakko und grau gestreifte Modehosen. Das Kabarett geht weiter, dachte Smiley.

»Ich habe versucht, mit Ihnen in Verbindung zu kommen. Hat Sie meine Nachricht nicht erreicht?« sagte Maston.

»Das schon, aber ich hätte unmöglich mit Ihnen telefonieren können.«

»Ich bin anscheinend nicht ganz im Bilde.«

»Also, ich glaube nämlich nicht, daß Fennan Selbstmord verübt hat. Das hätte ich am Apparat nicht sagen können.«

Maston nahm die Brille ab und sah Smiley entgeistert an.

»Ermordet? Warum?«

»Fennan schrieb seinen Brief gestern abend um halb elf, wenn wir die Zeit akzeptieren, die drauf stand.«

»Und?«

»Fünf Minuten vor acht hat er die Zentrale angerufen und gebeten, man solle ihn am nächsten Morgen um halb neun wecken.«

»Woher wissen Sie das, um Himmels willen?«

»Ich war heute morgen dort, als der Anruf kam. Ich hatte ihn entgegengenommen, weil ich glaubte, er käme vom Department.«

»Aber wie, in aller Welt, können Sie denn behaupten, daß es Fennan war, der den Anruf bestellt hat?«

»Ich habe Nachforschungen angestellt. Das Mädchen in der Zentrale kannte Fennans Stimme gut. Sie ist ganz sicher, daß er es war und daß er fünf Minuten vor acht gestern abend angerufen hat.«

»Fennan und das Mädchen haben einander gekannt, nicht wahr?«

»Nein, nein, das nicht. Sie haben nur gelegentlich ein paar nette Worte gewechselt.«

»Und auf welche Weise schließen Sie aus all dem, daß er ermordet worden ist?«

»Ich habe seine Frau wegen des Anrufes befragt ...«

»Und?«

»Sie hat gelogen. Sie sagte, daß sie selbst den Auftrag gegeben hätte. Sie behauptete, gräßlich vergeßlich zu sein – manchmal läßt sie sich angeblich von der Zentrale anrufen, wie man einen Knoten ins Taschentuch macht, wenn sie eine wichtige Verabredung hat. Und noch etwas. Kurz, bevor er sich erschoß, hat er sich Kakao gemacht. Aber nicht getrunken.«

Maston hörte schweigend zu. Schließlich lächelte er und stand auf.

»Wir scheinen uns nicht ganz verstanden zu haben«, sagte er. »Ich schicke Sie hinaus, um festzustellen, warum Fennan sich umgebracht hat, und Sie kommen daher und sagen, daß er das nicht getan hat. Wir sind keine Polizisten, Smiley.«

»Nein. Manchmal möchte ich ganz gerne wissen, was wir sind.«

»Haben Sie irgend etwas erfahren, das unsere Position hier tangiert – oder etwas, das seine Tat irgendwie erklärt? Das den Abschiedsbrief untermauert?«

Smiley zögerte einen Augenblick, bevor er antwortete. Er hatte es kommen sehen.

»Ja. Ich erfuhr von Mrs. Fennan, daß er sehr aufgeregt war, nach der Einvernahme.« Ebensogut konnte er ihm gleich die ganze Geschichte erzählen. »Es ließ ihn nicht los, er konnte nicht schlafen. Sie mußte ihm ein Beruhigungsmittel geben. Ihr Bericht über Fennans Reaktion auf die Einvernahme erhärtet den Abschiedsbrief in jeder Weise.« Einen Augenblick schwieg er und sah ziemlich abwesend vor sich hin. »Was ich sagen wollte, ist, daß ich ihr nicht glaube. Ich glaube nicht, daß Fennan den Brief geschrieben hat, noch, daß er die geringste Absicht hatte, zu sterben.« Er drehte sich Maston zu. »Wir können über die Widersprüche unmöglich hinwegkommen. Und noch etwas«, bohrte er weiter, »ich habe zwar kein Gutachten von einem Sachverständigen, aber es besteht eine Ähnlichkeit zwischen Fennans Abschiedsbrief und dem anonymen Schreiben. Es sieht aus, als wäre es dieselbe Maschine. Es klingt lächerlich, das weiß ich schon, aber es ist so. Wir müssen die Polizei einschalten, ihr die Tatsachen zur Verfügung stellen.«

»Tatsachen?« sagte Maston. »Was für Tatsachen? Nehmen wir an, sie hat gelogen – sie ist eine merkwürdige Frau, in jeder Weise. Ausländerin, Jüdin. Der Himmel mag wissen, was sich da für Einflüsse auf ihren Verstand bemerkbar machen. Man hat mir gesagt, daß sie während des Krieges schwer gelitten hat, verfolgt und so weiter. Sie sieht wahrscheinlich in Ihnen den Verfolger, den Inquisitor. Sie merkt, daß Sie hinter irgend etwas her sind, gerät in Panik und erzählt Ihnen die erstbeste Lüge, die ihr in den Sinn kommt. Macht sie das zu einer Mörderin?«

»Warum hat Fennan also angerufen? Warum hat er sich diesen Schlaftrunk gemacht?«

»Wer kann das wissen?« Mastons Stimme war jetzt voller, suggestiver. »Wenn Sie oder ich, Smiley, je zu diesem fürchterlichen Punkt gelangen würden, an dem man sich entschließt, sich selber zu vernichten, wer könnte wohl sagen, was unsere letzten Gedanken sein würden? Und bei Fennan ist es das gleiche. Er sieht seine Karriere in Trümmern, sein Leben hat keinen Sinn mehr. Ist es nicht verständlich, daß er in einem solchen Augenblick der Schwäche oder der Unentschlossenheit den Wunsch hatte, eine menschliche Stimme zu hören, noch einmal die Wärme menschlichen Kontaktes zu fühlen, bevor er starb? Eine phantastische Grille vielleicht, eine Sentimentalität, aber nicht unwahrscheinlich bei einem Menschen, der so fertig, so in eine fixe Idee verrannt ist, daß er sich das Leben nimmt.«

Smiley mußte ihn bewundern. Es war gut vorgetragen, und er war Maston auf diesem Gebiet nicht gewachsen. Plötzlich fühlte er in sich eine wachsende Panik aufsteigen, eine Hilflosigkeit, die nicht zu ertragen war. Und gleichzeitig eine nicht zu zügelnde Wut über diesen Theater spielenden Angeber, diesen geschniegelten Affen mit dem graumelierten Haar und dem gescheiten Lächeln. Panik und Wut schwollen plötzlich zu einer Woge an, die seine Brust überflutete und seinen ganzen Körper durchdrang. Er bekam einen heißen hochroten Kopf, seine Brillengläser beschlugen sich, und als letzte Demütigung traten ihm Tränen in die Augen.

Maston, der das, Gott sei Dank, nicht bemerkte, fuhr fort: »Sie können von mir nicht erwarten, daß ich auf dieses Beweismaterial hin beim Innenminister andeuten soll, die Polizei hätte einen falschen Schluß gezogen. Sie wissen, wie gespannt unser Verhältnis zur Polizei ist. Einerseits haben wir Ihre Verdachtsmomente: daß, kurz gesagt, Fennans Benehmen gestern abend nicht mit der Absicht zu sterben zusammenzureimen ist. Seine Frau hat Sie offenbar angelogen. Auf der anderen Seite haben wir die Meinung erfahrener Kriminalbeamter, die an den Umständen seines Todes nichts Aufregendes gefunden haben, und wir haben Mrs. Fennans Aussage, daß ihr Mann über die Einvernahme aufgeregt war. Es tut mir leid, Smiley, aber so liegt der Fall.«

Es herrschte völlige Stille. Smiley kam langsam wieder zu sich. Die Entwicklung der Dinge machte ihn blöde und raubte ihm die Sprache. Er starrte kurzsichtig vor sich hin, sein rundes, faltiges Gesicht war noch rot, der Mund schlaff und stupid. Maston wartete darauf, daß er etwas sagen würde, aber Smiley war erschöpft und mit einem Mal völlig uninteressiert. Ohne Maston noch einen Blick zuzuwerfen, stand er auf und ging hinaus.

Er ging in sein Zimmer und setzte sich an den Schreibtisch. Mechanisch sah er seine Arbeit durch. In seinem Einlaufkörbchen war nicht viel – ein paar Rundschreiben des Amtes und ein persönlicher Brief an G. Smiley Esq., Verteidigungsministerium. Die Schrift war ihm nicht bekannt. Er öffnete den Umschlag und las:

»Lieber Smiley!

Es ist unbedingt notwendig, daß ich morgen mit Ihnen im Restaurant Compleat Angler in Marlow speise. Bitte, tun Sie Ihr möglichstes, daß ich Sie dort um ein Uhr treffen kann. Ich habe Ihnen etwas zu sagen.

Ihr
Samuel Fennan«

Der Brief war mit der Hand geschrieben und trug das Datum des vorhergehenden Tages, Dienstag, 3. Januar. Er war in Whitehall um sechs Uhr abends abgestempelt worden.

Einige Minuten starrte er den Brief an, den er steif vor sich in der Hand hielt, wobei er den Kopf nach links neigte. Dann legte er den Brief auf den Schreibtisch, zog eine Lade heraus und entnahm ihr ein einzelnes, unbeschriebenes Blatt Papier. Er schrieb ein kurzes Gesuch um seine Entlassung an Maston, an das er mit einer Klammer Fennans Einladung heftete. Dann läutete er nach einer der Sekretärinnen, legte den Brief in den Korb für die ausgehende Post und ging zum Lift. Wie gewöhnlich steckte der im Parterre mit dem Teewagen der Registratur fest, und nach kurzem Warten begann Smiley, zu Fuß die Treppen hinunterzugehen. Auf dem halben Weg erinnerte er sich daran, daß er seinen Regenmantel und ein paar kleine persönliche Dinge in seinem Zimmer vergessen hatte. Ach was, dachte er, sie werden sie mir schicken.

Auf dem Parkplatz setzte er sich in seinen Wagen und starrte durch die nasse Windschutzscheibe.

Es war ihm egal, verdammt egal. Erstaunt war er natürlich, und zwar darüber, daß er fast die Beherrschung verloren hatte. Derartige Gespräche hatten in Smileys Leben eine große Rolle gespielt, und seit langer Zeit hatte er sich gegen alle Spielarten solcher Unterredungen für gewappnet gehalten, gegen schulmäßige, disziplinarische, ärztliche und religiöse. Seine verschwiegene Natur verachtete den Zweck aller Verhöre, ihre terroristische Vertraulichkeit und unausweichliche Realität. Er erinnerte sich an ein unbeschreiblich glückseliges Dinner mit Ann bei Quaglino, bei dem er ihr die Chamäleon-Gürteltier-Taktik geschildert hatte, mit der man so einen Ausfrager schachmatt setzen konnte.

Sie hatten bei brennenden Kerzen diniert. Schneeweiße Haut und Perlen – sie tranken Kognak – Anns weitoffene, glänzende Augen gehörten nur ihm. Smiley war der Verliebte, und er spielte diese Rolle wunderbar. Ann fand ihn herrlich und war durch ihre harmonische Zärtlichkeit erregt.

»... und damals habe ich gelernt, mich in ein Chamäleon zu verwandeln.«

»Und dabei hast du gerülpst, du ungezogener Frosch?«

»Nein, auf die Farbe kommt es an. Chamäleons wechseln die Farbe.«

»Natürlich wechseln sie die Farbe. Sie sitzen auf grünen Blättern und werden grün. Bist du auch grün geworden, Frosch?«

Er berührte ihre Fingerspitzen leicht mit den seinen.

»Also jetzt hör zu, du naseweise Person, wenn ich dir die Chamäleon-Gürteltier-Taktik gegen einen unverschämten Ausfrager erklären soll.« Ihr Gesicht war ganz nahe an seinem, und ihre Augen hingen in leidenschaftlicher Liebe an ihm.

»Diese Taktik basiert auf der Theorie, daß der Inquisitor, der nichts so sehr liebt wie sich selber, von seinem eigenen Bild angezogen wird. Man muß daher genau dieselbe soziale, temperamentmäßige, politische und intellektuelle Farbe annehmen, die der Inquisitor hat.«

»Du aufgeblasener Frosch. Aber ein begabter Liebhaber bist du schon.«

»Ruhe! Manchmal scheitert diese Taktik an der Stupidität oder Bosheit des Inquisitors. Wenn das der Fall ist, dann muß man sich in ein Gürteltier verwandeln.«

»Gürtel tragen, Frosch?«

»Nein, man muß ihn in eine Position versetzen, die so haarsträubend ist, daß man ihm überlegen ist. Für die Konfirmation bin ich von einem pensionierten Bischof vorbereitet worden. Ich war seine ganze Schülerschaft und habe an einem halben Feiertag genügend Unterricht genossen, um eine ganze Diözese leiten zu können. Aber indem ich das Gesicht des Bischofs betrachtete und mir vorstellte, daß es sich unter meinem Blick mit einem dicken Fell überzog, behielt ich meine Überlegenheit. Von diesem Tag an sind meine Fähigkeiten in dieser Beziehung noch gewachsen. Ich konnte ihn in einen Affen verwandeln, ihn in das Schiebefenster einklemmen, ihn nackt in eine Versammlung der Freimaurer schicken, ihn dazu verdammen, wie die Schlange auf dem Bauch zu kriechen ...«

»Du boshafter verliebter Frosch.«

So war es einst gewesen. Aber bei seinen letzten Gesprächen mit Maston hatte ihn die Fähigkeit, sich von der Situation zu lösen, verlassen. Er war jetzt zu stark beteiligt. Als Maston die ersten Züge gemacht hatte, war Smiley zu abgespannt und angeekelt gewesen, um sich zu wehren. Er nahm an, daß Elsa Fennan ihren Mann umgebracht und dazu irgendeinen Grund gehabt hatte, aber es interessierte ihn einfach nicht mehr. Das Problem existierte für ihn nicht länger: Verdacht, Erfahrungen, Beobachtungen, gesunder Menschenverstand – alles das stand für Maston mit den Tatsachen in keinem organischen Zusammenhang. Papier war eine Tatsache, Minister waren Tatsachen und Innenminister harte Tatsachen. Das Departement gab sich nicht weiter mit den vagen Eindrücken eines einzelnen Beamten ab, wenn sie mit der Politik in Widerstreit gerieten.

Smiley war erschöpft, tief und schwer. Er fuhr langsam nach Hause. Vielleicht sollte er heute auswärts essen. Irgend etwas ganz Besonderes. Es war jetzt erst Mittag. Er beschloß, den Nachmittag damit zu verbringen, Olearius auf seiner Hanseatenreise quer durch das russische Reich zu folgen. Und dann Dinner bei Quaglino mit einem einsamen Toast für den erfolgreichen Mörder, vielleicht für Elsa, in Dankbarkeit dafür, daß er zugleich mit dem Leben Sam Fennans auch die Karriere George Smileys beendet hatte.

Er erinnerte sich daran, in der Sloane Street seine Wäsche abzuholen, bog endlich in die Bywater Street ein und fand, drei Häuser von seinem eigenen entfernt, einen Parkplatz. Er kletterte mit dem braunen Wäschepaket in der Hand heraus, sperrte seinen

Wagen sorgfältig ab, ging aus alter Gewohnheit um ihn herum und versuchte alle Türgriffe. Es regnete noch immer ein wenig. Er ärgerte sich darüber, daß schon wieder jemand vor seinem Haus geparkt hatte. Gut, daß Mrs. Chapel das Fenster seines Schlafzimmers geschlossen hatte, sonst hätte der Regen . . .

Plötzlich war er hellwach. Im Wohnzimmer hatte sich etwas bewegt. Ein Licht, ein Schatten, eine menschliche Gestalt? Es war irgend etwas, dessen war er sicher. War es Wahrnehmung oder Instinkt? War es eine latente Fähigkeit seines Berufes, die ihn warnte? Irgendein feiner Sinn oder Nerv, eine verborgene Reaktionsbereitschaft, die ihn alarmierte und der er nachgab?

Ohne auch nur einen Augenblick zu überlegen, ließ er die Schlüssel wieder in den Mantel gleiten, ging die Treppe zu seiner Haustür hinauf und läutete.

Es klang schrill durch das Haus. Dann trat Stille ein, und endlich drang deutlich das Geräusch von Tritten, die sich der Tür näherten, an Smileys Ohr. Sie klangen fest und sicher. Ein Rasseln der Kette, ein Klirren des Ingersoll-Schlosses, und die Tür wurde schnell und gewandt geöffnet.

Smiley hatte ihn vorher noch nie gesehen. Groß, blond, hübsch, etwa fünfunddreißig. Ein hellgrauer Anzug, weißes Hemd und graue Krawatte – *habillé en diplomate*. Deutscher oder Schwede. Seine linke Hand blieb nonchalant in der Tasche seines Sakkos. Smiley sah ihn entschuldigend an.

»Ist Mr. Smiley zu Hause, bitte?«

Die Tür war jetzt ganz offen. Eine kleine Pause entstand.

»Ja, wollen Sie nicht hereinkommen?«

Den Bruchteil einer Sekunde lang zögerte er. »Danke, nein. Wollen Sie ihm bitte das hier geben?« Er übergab ihm das Wäschepaket und ging wieder die Stufen hinunter und zu seinem Wagen. Er wußte, daß er noch immer beobachtet wurde, ließ den Motor an, wendete und fuhr zum Sloane Square, ohne sich noch einmal in der Richtung nach seinem Haus umzudrehen. In der Sloane Street fand er einen Parkplatz und schrieb sich schnell sieben mehrstellige Zahlen auf. Es waren die Nummern der sieben Wagen, die in Bywater Street standen.

Was sollte er tun? Einen Schutzmann anhalten? Wer auch immer es gewesen war, wahrscheinlich war er schon davon. Übrigens gab es auch noch andere Überlegungen. Er schloß den Wagen wieder ab und ging über die Straße zu einem Telefonhäuschen. Er rief Scotland Yard an, bekam mit der Sonderabteilung Verbindung und fragte nach Inspektor Mendel. Aber es sah so aus, als hätte sich der, nachdem er seinem Vorgesetzten Meldung erstattet hatte, in heimlicher Vorwegnahme der Freuden des Pensionistenstandes nach Mitcham begeben. Smiley bat um seine Adresse, erhielt sie nach einigem Herumflunkern, fuhr nochmals los, drei Seiten eines Quadrats entlang und kam bei der Albert Bridge heraus. In einem neuen Gasthaus, das den Fluß überblickte, nahm er ein Sandwich und einen großen Whisky, und eine Viertelstunde später überquerte er die Brücke auf dem Wege nach Mitcham, während der Regen noch immer auf seinen unauffälligen kleinen Wagen herunterprasselte. Er machte sich Sorgen, wirklich ernste Sorgen.

6

Tee und Sympathie

Es regnete noch immer, als er ankam. Mendel war in seinem Garten und hatte den merkwürdigsten Hut auf, den Smiley je gesehen hatte. Er hatte sein Leben als Anzac-Hut begonnen, aber jetzt hing seine riesige Krempe überall herunter, so daß Mendel wie ein großer Pilz aussah. Er brütete über einem Baumstrunk, und eine bösartig aussehende Axt hing gehorsam in seiner sehnigen rechten Hand.

Er sah Smiley einen Augenblick scharf an, und dann erstrahlte sein schmales Gesicht langsam in einem breiten Grinsen, während er ihm die Hand entgegenhielt.

»Scherereien?« fragte Mendel.

»Scherereien.«

Smiley folgte ihm den Weg zum Haus hinauf. Es war ländlich und gemütlich.

»Es ist kein Feuer im Wohnzimmer – ich bin gerade erst zurückgekommen. Wie wäre es mit einer Tasse Tee in der Küche?«

Sie gingen in die Küche. Smiley amüsierte sich über die peinliche Ordnung, die fast feminine Nettigkeit, die überall herrschte. Nur der Polizeikalender an der Wand zerstörte die Illusion. Während Mendel einen Kessel aufs Feuer stellte und mit den Tassen herumhantierte, berichtete Smiley ruhig, was in Bywater Street passiert war. Als er fertig war, betrachtete ihn Mendel lange und schweigend.

»Aber warum hat er Sie hineingebeten?«

Smiley zwinkerte und wurde ein bißchen rot. »Das habe ich auch gedacht. Das hat mich einen Augenblick lang aus dem Gleichgewicht gebracht. Gut, daß ich das Paket hatte.«

Er trank einen Schluck Tee. »Obwohl ich nicht glaube, daß er auf das Paket hereingefallen ist. Vielleicht doch, aber ich bezweifle es. Sehr sogar.«

»Nicht hereingefallen?«

»Na, ich wäre es nicht. Kleiner Mann in einem Ford, der Wäsche austrägt. Wer konnte ich schon gewesen sein? Übrigens habe ich nach Smiley gefragt und es dann abgelehnt, ihn zu sehen – das muß ihm ziemlich komisch vorgekommen sein.«

»Aber was wollte er? Was hätte er mit Ihnen gemacht? Für wen hielt er Sie?«

»Das ist genau der springende Punkt, ganz genau, sehen Sie. Ich glaube, er hat auf mich gewartet, aber natürlich hat er nicht erwartet, daß ich läuten werde. Das hat ihn verwirrt. Ich denke, er wollte mich umbringen. Deshalb hat er mich ersucht, einzutreten. Er erkannte mich, aber wohl nur nach einer Fotografie, glaube ich.«

Wieder sah ihn Mendel eine Weile schweigend an.

»Herrgott!« sagte er.

»Vermute, daß ich recht habe«, fuhr Smiley fort, »in jeder Weise. Ich vermute, daß Fennan wirklich ermordet wurde gestern abend, und heute wäre mir fast dasselbe passiert. Im Gegensatz zu Ihrem Beruf ereignet sich in meinem normalerweise nicht jeden Tag ein Mord.«

»Was soll das heißen?«

»Weiß nicht. Ich weiß wirklich nicht. Bevor wir

weitermachen, könnten Sie vielleicht die Eigentümer dieser Nummern für mich feststellen lassen. Die Fahrzeuge standen heute zu Mittag in der Bywater Street.«

»Warum tun Sie es nicht selber?«

Smiley sah ihn einen Augenblick verwirrt an. Dann fiel ihm ein, daß er von seinem Entlassungsgesuch nichts erwähnt hatte.

»Ach. Tut mir leid, daß ich es Ihnen nicht erzählt habe. Also ich bin heute vormittag gegangen. Kurz bevor ich gefeuert worden wäre. Ich bin so frei wie der Wind. Und auch ungefähr ebenso verwendbar.

Mendel nahm ihm die Nummernliste ab und ging in die Halle, um zu telefonieren. Er kam nach ein paar Minuten wieder zurück.

»Sie werden in einer Stunde wieder anrufen«, sagte er. »Kommen Sie jetzt, ich will Ihnen meinen Besitz zeigen. Verstehen Sie etwas von Bienen?«

»Na ja, ein bißchen, ja. Ich bin nämlich in Oxford vom naturhistorischen Käfer gebissen worden.« Er war im Begriff, Mendel zu erzählen, wie er sich mit Goethes Metamorphosen der Pflanzen und Tiere in der Hoffnung abgegeben hatte, wie Faust herauszufinden, »was die Welt im Innersten zusammenhält«. Er wollte erklären, warum es unmöglich war, das Europa des neunzehnten Jahrhunderts zu verstehen, ohne eine ordentliche Kenntnis der Naturwissenschaften zu besitzen, er fühlte sich eifrig und voll von bedeutenden Gedanken und war sich heimlich klar darüber, daß sich sein Kopf mit den Ereignissen des heutigen Tages abplagte, daß er in einem Zustand nervöser Erregung war. Seine Handflächen waren feucht.

Mendel führte ihn zur Hintertür hinaus. Dort standen drei nette Bienenstöcke an der Mauer, die den Garten nach hinten abschloß. Sie standen in dem feinen Regen, und Mendel sagte: »Ich habe mir immer gewünscht, welche zu halten, auszuprobieren, wie das Ganze geht. Ich habe auch eine Menge gelesen, direkt Angst habe ich bekommen, kann ich Ihnen sagen. Komische kleine Kerle sind das.« Er nickte ein paarmal, um dieses Urteil zu unterstreichen, und wieder sah Smiley ihn mit Interesse an. Sein Gesicht war schmal, aber muskulös, und sein Ausdruck völlig verschlossen. Sein eisengraues Haar war sehr kurz geschnitten und borstig. Er schien dem Wetter gegenüber ebenso völlig gleichgültig zu sein wie das Wetter ihm. Smiley kannte das Leben, das hinter Mendel lag, genau. Er hatte bei den Polizisten der ganzen Welt dieselbe lederne Haut gesehen, dieselben Reserven von Geduld, Bitterkeit und Verdruß. Er konnte sich die langen ergebnislosen Stunden im Dienst bei jedem Wetter vorstellen, wenn man auf einen wartete, der vielleicht niemals kam – oder kam und zu schnell wieder verschwand. Er wußte auch, wie sehr Mendel und die anderen von gewissen Persönlichkeiten abhängig waren – manche launenhaft, tyrannisch, nervös und wankelmütig, gelegentlich einige weise und warmherzig. Er wußte, wie intelligente Menschen durch die Stupidität ihrer Vorgesetzten gebrochen werden, wie Wochen geduldiger Arbeit bei Tag und Nacht von einem solchen Menschen einfach beiseite geschoben werden konnten.

Mendel führte ihn den schlüpfrigen, mit Bruchsteinen belegten Pfad hinauf zu den Bienenstöcken. Er beachtete den Regen noch immer nicht, nahm einen der Stöcke auseinander, erklärte und zeigte ihn. Er sprach stoßweise, mit langen Pausen zwischen den einzelnen Sätzen, und zeigte alles langsam und genau mit seinen schlanken Fingern.

Nachdem sie wieder ins Haus gegangen waren, führte ihn Mendel durch die beiden unteren Räume. Der Salon war ganz geblümt. Blumen auf den Vorhängen und Teppichen und ebenso auf den Überzügen der Möbel. In einem kleinen Eckschrank standen einige Deckel-Bierkrüge neben einem Paar Pistolen und einem Pokal für Scheibenschießen.

Dann folgte ihm Smiley hinauf. Es roch nach Petroleum vom Ofen auf dem Treppenabsatz, und im Waschraum war aus dem Warmwasserbehälter tatsächlich ein leichtes Brodeln zu hören.

Mendel zeigte ihm sein Schlafzimmer.

»Das Brautgemach. Das Bett habe ich bei einer Auktion für ein Pfund gekauft. Box-Federmatratzen. Es ist erstaunlich, was man so erwischen kann. Die Teppiche gehörten früher Königin Elisabeth. Sie wechseln sie jedes Jahr. Die habe ich in einem Laden in Wafford gekauft.«

Smiley stand etwas verwirrt in der Tür. Mendel kam zurück und ging an ihm vorbei, um die Tür zum zweiten Schlafzimmer zu öffnen.

»Und das ist Ihr Zimmer, wenn Sie es wollen.« Er drehte sich Smiley zu. »Ich würde an Ihrer Stelle lieber nicht zu Hause schlafen. Man kann nie wissen, nicht wahr? Übrigens werden Sie hier besser schlafen, die Luft ist besser.«

Smiley begann zu protestieren.

»Steht ganz bei Ihnen. Sie tun, was Ihnen paßt.« Mendel wurde direkt verlegen. »Ich verstehe nicht mehr von Ihrer Arbeit als Sie von der Arbeit der Polizei, ganz ehrlich. Sie tun ganz einfach, was Ihnen paßt. Soweit ich gesehen habe, sind Sie ja imstande, auf sich aufzupassen.«

Sie gingen wieder hinunter. Mendel zündete im Salon den Gaskamin an.

»Also, zumindest müssen Sie gestatten, daß ich Sie heute abend zum Essen einlade«, sagte Smiley.

In der Halle läutete das Telefon. Es war Mendels Sekretärin wegen der Nummern.

Mendel kam zurück. Er übergab Smiley eine Liste von sieben Namen und Adressen. Vier davon konnten ausgeschieden werden, es waren solche aus der Bywater Street. Drei blieben übrig: der Leihwagen einer Firma Adam Scarr und Söhne in Battersea, ein Geschäftswagen, der der Severn Tile Company in Eastbourne gehörte, und der dritte war als das Eigentum des Botschafters von Panama bezeichnet.

»Ich habe einen Mann, der sich gerade mit Angelegenheiten Panamas beschäftigt. Es wird dort nicht schwierig sein – sie haben nur drei Wagen in England.«

»Battersea ist nicht weit weg«, fuhr er fort. »Wir könnten rasch einen Sprung hinüber machen. In Ihrem Wagen.«

Selbstverständlich, selbstverständlich«, sagte Smiley schnell. »Und dann können wir in Kensington dinieren. Ich werde einen Tisch im ›Entrechat‹ bestellen.«

Es war jetzt vier. Sie blieben noch eine Weile sitzen und plauderten in ziemlich oberflächlicher Weise über Bienen und Haushalt. Mendel war ganz gelöst, während Smiley noch immer unbeholfen und bedrückt versuchte, einen Modus zu finden, um beim Sprechen nicht immer Weisheiten von sich zu geben. Er konnte sich ausmalen, was Ann über Mendel gesagt hätte. Sie wäre begeistert von ihm gewesen, hätte eine Persönlichkeit aus ihm gemacht, eine besondere Stimme und ein eigenes Gesicht bereit gehabt, um ihn nachzuahmen, hätte eine Geschichte von ihm gemacht, bis er in ihr Leben gepaßt hätte und kein Rätsel mehr gewesen wäre. Darling, wer hätte gedacht, daß er so gemütlich sein kann! Der letzte Mensch, von dem ich mir erwartet hätte, daß er mir sagen könnte, wo ich billig Fische kaufen kann. Und was für ein reizendes kleines Haus. Ihm ist es gleichgültig – er muß doch wissen, daß Deckel-Bierkrüge Kitsch sind, aber es kümmert ihn nicht. Ich finde, er ist ein Schatz. Frosch, lade ihn doch zum Dinner ein. Das mußt du tun. Nicht, weil wir über ihn lachen wollen, sondern weil wir ihn gern haben. Er hätte ihn natürlich nicht eingeladen, aber Ann wäre zufrieden gewesen – sie hätte einen Weg gefunden, ihn gern zu haben. Und dann hätte sie ihn vergessen.

Das war es, was Smiley sich wünschte, eine Möglichkeit, Mendel gern zu haben. Er war nicht so geschickt wie Ann, eine zu finden. Aber Ann war Ann – einmal ermordete sie einen Neffen aus Eton fast, weil er zu Fisch Bordeaux trank, aber wenn Mendel sich bei ihren *crêpes suzette* die Pfeife angezündet hätte, dann würde sie es wahrscheinlich nicht beachtet haben.

Mendel machte wieder Tee, und sie tranken ihn. Um etwa viertel nach fünf brachen sie in Smileys Wagen nach Battersea auf. Auf dem Weg kaufte

Mendel eine Abendzeitung. Er las sie unter Schwierigkeiten im Lichte der Straßenlampen. Nach ein paar Minuten fuhr er gereizt auf: »Krauts, verdammte Krauts. Gott, wie ich sie hasse!«

»Krauts?«

»Ja, Krauts. Diese Hunnen, diese Jerries, verdammte Deutsche! Nicht einmal Sixpence würde ich für alle miteinander geben. Blutdürstige, dreckige Hammel. Prügeln schon wieder auf die Juden los. Und wir waren drüben. Haben sie niedergehauen und wieder auf die Beine gestellt. Vergeben und vergessen. Warum, zum Teufel, vergessen, das möchte ich wissen! Warum Dieberei, Raub und Mord vergessen, nur weil sie von Millionen begangen worden sind? Herrgott, wenn irgend so eine arme kleine Null von einem nur zehn Shilling mitgehen läßt, dann ist die ganze Polizei der Hauptstadt hinter ihr her. Aber Krupp und das ganze Gesindel – nein, da nicht. Verdammt noch einmal, wenn ich in Deutschland ein Jude wäre, dann würde ich ...«

Smiley war plötzlich hellwach: »Was würden Sie dann tun? Was täten Sie dann, Mendel?«

»Ach, vermutlich nichts. Politik ist heutzutage Statistik. Es ist blödsinnig, ihnen H-Bomben zu geben, also ist es Politik. Und dann da drüben die Yanks – Millionen von verfluchten Juden in Amerika. Und was tun sie? Zum Teufel, sie geben den Krauts noch mehr Bomben. Alle diese Kerle zusammen – sollten sich gegenseitig in die Luft jagen.«

Mendel zitterte vor Wut, und Smiley schwieg eine Weile, während er an Elsa Fennan dachte.

»Und wie sieht die Lösung aus?« fragte er, nur um etwas zu sagen.

»Das weiß Gott allein«, antwortete Mendel wild.

Sie bogen in die Battersea Bridge Road ein und hielten neben einem Schutzmann, der auf dem Gehsteig stand. Mendel zeigte ihm seine Polizeilegitimation.

»Scarrs Garage? Na, es ist kaum eine Garage, nur ein Hof. Hauptsächlich Altmetalle und gebrauchte Wagen. Wenn sie für den einen nicht mehr gut genug sind, dann sind sie es für den anderen, sagt Adam. Fahren Sie die Prince of Wales Drive hinunter, bis Sie zum Spital kommen. Dort ist es, zwischen ein paar Baracken. Eigentlich ein Bombenareal. Der alte Adam hat den Platz mit ein bißchen Schlacke planiert, und bisher hat ihn noch niemand hinausgeschmissen.«

»Sie scheinen eine Menge über ihn zu wissen«, sagte Mendel.

»Sollte ich, sollte ich. Ich habe ihn schon ein paarmal eingebuchtet. Steht nicht viel im Gesetzbuch, was Adam nicht auf dem Kerbholz hat. Er ist eines von unseren winterharten Dauergewächsen, das kann ich Ihnen sagen.«

»Na gut. Läuft gerade etwas gegen ihn?«

»Könnte ich nicht sagen. Aber wegen illegaler Wetten kann ich ihn jederzeit hochgehen lassen. Er fällt eigentlich schon längst unter den Akt.«

Sie fuhren weiter zum Battersea-Spital. Der Park zu ihrer Rechten sah hinter den Straßenlaternen dunkel und drohend aus.

»Was soll das heißen, er fällt unter den Akt?«

»Ach, er hat nur einen Scherz gemacht. Es heißt, daß jemandes Strafregister schon so lang ist, daß er in Präventivhaft genommen werden kann – jahrelang. Es klingt ganz, als wäre der mein Typ«, fuhr Mendel fort. »Überlassen Sie ihn nur mir.«

Sie fanden den Hof, wie es ihnen der Schutzmann beschrieben hatte, zwischen zwei halbverfallenen Baracken und einer Reihe von Schuppen, die auf dem ausgebombten Terrain errichtet worden waren. Bauschutt, Ziegel und Mist lagen überall herum. Trümmer von Asbest, Holz und Alteisen, die Mr. Scarr offenbar für den Wiederverkauf oder zum Herrichten erstanden hatte, waren in der einen Ecke aufgestapelt, trüb beleuchtet von einem schwachen Licht, das aus der entfernteren Baracke drang. Die beiden Männer sahen sich eine Weile schweigend um. Dann zuckte Mendel die Achsel, steckte zwei Finger zwischen die Lippen und stieß einen schrillen Pfiff aus.

»Scarr!« brüllte er. Es blieb ruhig. Das Außenlicht an der Baracke leuchtete auf, und drei oder vier Wagen aus der Zeit vor dem Krieg und in verschiedenen Stadien der Auflösung wurden schwach sichtbar.

Die Tür ging langsam auf, und ein Mädchen von etwa zwölf Jahren stand auf der Schwelle.

»Ist dein Vater zu Hause, Kleine?« fragte Mendel.

»Nee, der ist im Prod', glaub' ich.«

»Gut, Kleine, danke schön.«

Sie gingen zur Straße zurück.

»Was in aller Welt ist das Prod'? Oder darf man das vielleicht nicht einmal fragen?« erkundigte sich Smiley.

»›Prodigal's Calf‹, ein Gasthaus um die Ecke. Wir können gehen. Es ist nur hundert Meter weit. Den Wagen lassen wir hier.«

Das Lokal hatte gerade aufgemacht. An der Theke war noch niemand, und während sie auf das Erscheinen des Wirtes warteten, ging die Tür auf, und ein sehr fetter Mensch in einem schwarzen Anzug kam herein. Er ging geradewegs zur Theke und begann, mit einem Fünfshillingstück draufzuklopfen.

»Wilf«, schrie er, »nimm die Finger raus. Gäste sind da, du Glückspilz.« Er drehte sich Smiley zu. »'n Abend, Kumpel.«

Aus dem Hintertrakt des Wirtshauses antwortete eine Stimme: »Sag ihnen, sie sollen ihr Geld bei der Kasse auf den Tisch legen und später kommen.«

Der Dicke sah Mendel und Smiley einen Augenblick erstaunt an und brach plötzlich in brüllendes Gelächter aus. »Die nicht, Wilf – die sind im Dienst!« Der Witz gefiel ihm so gut, daß er sich zum Schluß auf die Bank setzen mußte, die an der Wand um den Raum lief. Er schlug sich mit den Händen auf die Schenkel, seine mächtigen Schultern schüttelte es direkt, so lachte er, und die Tränen rannen ihm über die Wangen. Zwischendurch, wenn er Atem holte, bevor ein neuer Lachanfall kam, sagte er: »Ogottogottogott.«

Smiley sah ihn interessiert an. Er trug einen sehr schmutzigen steifen weißen Kragen mit abgerundeten Ecken, eine geblümte rote Krawatte, die mit einer Nadel sorgfältig außen auf der schwarzen Weste befestigt war, Militärstiefel und einen abgeschabten, sehr fadenscheinigen Anzug, an dessen Hose nicht einmal die Spur einer Bügelfalte zu sehen war. Seine Manschetten waren schwarz von Schweiß, Schmutz und Schmieröl und wurden von Büroklammern zusammengehalten.

Der Wirt erschien und nahm ihre Bestellung entgegen. Der Dicke kaufte sich einen großen Whisky mit

Ingwerwein und ging damit sofort in das Gastzimmer, wo ein Kohlenfeuer brannte. Der Wirt beobachtete ihn mißbilligend.

»Das sieht ihm wieder ähnlich, dem gemeinen Kerl. Die Preise im Gastzimmer will er nicht zahlen, aber das Feuer paßt ihm.«

»Wer ist es denn?« erkundigte sich Mendel.

»Er? Scarr heißt er. Adam Scarr. Der Teufel weiß, warum er Adam heißt. Wenn man sich ihn im Garten Eden vorstellt, das ist wohl verdammt komisch, der Teufel soll mich holen. Hier in der Gegend sagt man, wenn Eva ihm den Apfel geben würde, dann würde er das dreckige Kerngehäuse auch mitfressen.« Der Wirt fuhr sich mit der Zunge über die Zähne und schüttelte den Kopf. Dann schrie er Scarr zu: »Aber trotzdem bist du gut für das Geschäft, nicht wahr, Adam? Die Leute kommen verdammt weit her, um dich zu sehen, stimmt's? Du Teenage-Monstrum aus dem Weltraum. Ja, das bist du, der Teufel soll mich holen. Kommen Sie herein und staunen Sie. Adam Scarr: Ein Blick, und Sie unterschreiben, daß Sie nie mehr saufen werden!«

Wieder folgte ein schallendes Gelächter. Mendel beugte sich zu Smiley hinüber. »Gehen Sie lieber und warten Sie im Wagen. – Da halten Sie sich lieber heraus. Haben Sie einen Fünfer bei der Hand?«

Smiley gab ihm aus seiner Brieftasche fünf Pfund, nickte zustimmend und ging hinaus. Er konnte sich nichts Schrecklicheres vorstellen, als es mit Scarr zu tun zu bekommen.

»Sind Sie Scarr?« fragte Mendel.

»Richtig, Kumpel.«

»TRX 0891. Ist das Ihr Wagen?«

Mr. Scarr warf einen finsteren Blick auf seinen Whisky mit Ingwer. Die Frage schien ihn traurig zu machen.

»Also?« sagte Mendel.

»War es Chef, war es.«

»Was, zum Teufel, meinen Sie?«

Scarr hob seine rechte Hand ein Stück und ließ sie dann langsam wieder sinken. »Eine dunkle Geschichte, Chef, eine trübe Geschichte.«

»So, jetzt hören Sie mir einmal zu. Ich habe größere Fische zu braten, als Sie sich je träumen lassen. Ich bin nicht aus Glas, verstanden? Mir imponiert das Geschäft, das Sie da machen, verdammt wenig. Also, wo ist der Wagen?«

Scarr schien über den Sinn dieser Rede nachzudenken. »Aha, jetzt geht mir ein Licht auf, Kumpel. Sie wollen eine Information.«

»Natürlich, zum Teufel.«

»Es sind harte Zeiten, Chef. Die Lebenskosten, mein Lieber, gehen hoch wie eine Rakete. Information ist eine Ware, eine verkäufliche Ware, hab' ich nicht recht?«

»Sie sagen mir, wer den Wagen gemietet hat, und Sie werden nicht verhungern.«

»Ich verhungere auch jetzt nicht, Kumpel. Aber ich will besser essen.«

»Ein Fünfer.«

Scarr trank aus und stellte sein Glas geräuschvoll auf den Tisch zurück. Mendel stand auf und besorgte ihm ein neues.

»Er ist geklaut worden. Ein paar Jahre habe ich ihn für Selbstfahrer vermietet, verstehen Sie. Auf Depo.«

»Auf was?«

»Na, Depo, Kaution. Irgendein Kerl will einen Wagen für einen Tag. Man nimmt zwanzig Pfund Kaution in bar, ja? Wenn er zurückkommt, ist er Ihnen vierzig Shilling schuldig, stimmt's? Sie geben ihm einen Scheck über achtunddreißig Pfund, schreiben ihn als Verlust in Ihre Bücher, und die Sache ist einen Zehner wert. Kommen Sie mit?«

Mendel nickte.

»Na also, vor drei Wochen ist so ein Bursche hereingekommen. Ein langer Schotte. Mit Pinke-pinke. Einen Stock hat er getragen. Er hat das Depo bezahlt, den Wagen mitgenommen, und weder ihn noch den Wagen habe ich wiedergesehen. Einfach Diebstahl.«

»Warum haben Sie es nicht bei der Polizei gemeldet?«

Scarr antwortete nicht und trank wieder aus seinem Glas. Er sah Mendel traurig an.

»Dagegen hätten viele Gründe gesprochen, Chef.«

»Soll das heißen, daß Sie ihn selbst gestohlen hatten?«

Scarr machte ein erschrockenes Gesicht. »Ich habe inzwischen unangenehme Gerüchte über die Leute, von denen ich den Wagen gekauft habe, gehört. Mehr will ich nicht sagen«, fügte er fromm hinzu.

»Wie Sie den Wagen hergeliehen haben, hat er doch Formulare ausfüllen müssen, Versicherung und so weiter, nicht wahr? Wo sind die?«

»Falsch, alles falsch. Er hat mir eine Adresse in Ealing angegeben. Ich bin hin, aber sie hat nicht existiert. Bestimmt war der Name auch geflunkert.«

Mendel drehte das Geld in der Tasche zu einer Rolle und reichte es Scarr über den Tisch. Scarr entfaltete die Scheine, zählte sie ganz bewußt vor den Blicken aller, die hinsehen wollten.

»Ich weiß, wo ich Sie finde«, sagte Mendel, »und ich weiß ein paar Sachen über Sie. Wenn das ein Haufen Humbug ist, was Sie mir da verhökert haben, dann werde ich Ihnen Ihren verdammten Hals brechen.«

Es regnete wieder, und Smiley bedauerte, daß er keinen Hut mithatte. Er überquerte die Straße, kam in die Seitengasse, in der Scarrs Unternehmen lag, und ging auf den Wagen zu. In der Gasse war kein Mensch zu sehen, und es war merkwürdig ruhig. Zweihundert Meter weiter unten in der Straße schickte das kleine und nette Allgemeine Krankenhaus von Battersea durch seine vorhanglosen Fenster viele Strahlenbündel in die Nacht hinaus. Der Gehsteig war sehr naß, und das Echo seiner Schritte knirschend und laut.

Er kam vor die erste der beiden Baracken, die an Scarrs Hof lagen. Dort war ein Wagen mit brennenden Standlichtern abgestellt. Neugierig ging Smiley von der Gasse weg und darauf zu. Es war eine alte MG-Limousine, wahrscheinlich grün oder braun, wie es vor dem Krieg so beliebt war. Das Nummernschild war fast nicht beleuchtet und völlig verschmutzt. Er bückte sich, um es zu entziffern, wobei er dem Zeichen mit dem Zeigefinger folgte: TRX 0891. Natürlich, das war eine der Nummern, die er sich heute vormittag aufgeschrieben hatte.

Er hörte hinter sich Schritte, drehte sich halb um und richtete sich auf. Er hatte gerade begonnen, seinen Arm zu heben, als der Schlag fiel.

Es war ein fürchterlicher Schlag – er schien seinen Schädel in zwei Teile zu spalten. Als er fiel, konnte er das warme Blut fühlen, das in Strömen über sein linkes Ohr rann. »O Gott, nicht noch einmal«, dachte Smiley. Aber das übrige fühlte er kaum – nur eine Vision seines eigenen Körpers, ganz weit weg, der langsam wie Gestein zerbröckelt wurde. Zerbröckelt und zu Fragmenten zertrümmert, und dann war nichts mehr. Nichts als die Wärme seines eigenen Blutes, das über sein Gesicht in die Schlacken rann, und in weiter Ferne das Pochen des Steinbrechers. Aber nicht hier. Weit weg.

7

Mr. Scarrs Geschichte

Mendel sah ihn an und fragte sich, ob er tot wäre. Er leerte die Taschen seines Mantels und legte ihn behutsam über Smileys Schultern. Und dann rannte er wie ein Wahnsinniger zum Spital, stürzte durch die Drehtür der Ambulanz in das hellerleuchtete Innere des Hauses, das Tag und Nacht Betrieb hatte. Ein junger farbiger Doktor machte Dienst. Mendel zeigte ihm seine Karte, schrie ihm irgend etwas zu, nahm ihn am Arm und versuchte ihn hinauszuführen. Der Doktor lächelte geduldig, schüttelte den Kopf und telefonierte um einen Ambulanzwagen.

Mendel lief die Straße zurück und wartete. Nach einigen Minuten kam der Rettungswagen, und geschickte Männer hoben Smiley auf und brachten ihn weg.

»Sein Begräbnis«, dachte Mendel, »das werde ich dieses Schwein blutig bezahlen lassen.«

Er blieb einen Augenblick stehen und starrte auf den feuchten Fleck von Dreck und Schlacken, wo Smiley gestürzt war. Das matte rote Leuchten der Deckenlichter des Wagens zeigte ihm nichts. Der Boden war von den Schuhen der Sanitäter hoffnungslos zertreten worden, auch von einigen Bewohnern der Baracken, die wie schattenhafte Geier gekommen und gegangen waren. Sie hatten Scherereien nicht gerne.

»Verdammtes Schwein«, zischte Mendel und ging langsam zum Gasthaus zurück.

Das Gastzimmer füllte sich allmählich. Scarr bestellte gerade noch einen. Mendel packte ihn am Arm. Scarr drehte sich um und sagte: »Hallo, Kumpel, wieder da? Nehmen Sie auch von dem Zeug, das Tantchen umgebracht hat.«

»Halt's Maul«, sagte Mendel. »Ich muß noch einmal mit dir reden. Komm raus!«

Mr. Scarr schüttelte den Kopf und sog mitfühlend an seinen Zähnen.

»Kann ich nicht, Kumpel, kann ich nicht. Gesellschaft.« Er deutete mit dem Kopf auf eine achtzehnjährige Blondine mit fast weiß angestrichenen Lippen und einem unwahrscheinlichen Busen, die völlig bewegungslos an einem Ecktisch saß. Ihre getuschten Augen hatten einen dauernd erstaunten Ausdruck.

»Hör zu«, flüsterte Mendel, »in genau zwei Sekunden reiß ich dir die Ohren ab, du verlogener Scheißkerl.«

Scarr übergab seine Getränke dem Wirt zur Obhut und ging langsam und würdevoll hinaus. Das Mädchen sah er nicht an.

Mendel führte ihn durch die Gasse zu den Baracken. Das Standlicht von Smileys Wagen, der achtzig Meter weiter auf der Straße stand, schien ihnen entgegen.

Sie gingen in den Hof. Der MG war noch immer da. Mendel hielt Scarr fest am Arm, bereit, ihm, wenn nötig, den Unterarm nach hinten und nach oben zu drehen und ihm das Schultergelenk zu brechen oder auszukugeln.

»Na also«, rief Scarr mit offensichtlicher Freude, »da ist er ja wieder an den Busen seiner Ahnen zurückgekehrt.«

Gestohlen, nicht wahr?« sagte Mendel. »Gestohlen von einem großen Schotten mit einem Spazierstock und einer Adresse in Ealing. Nett von ihm, ihn zurückzubringen, nicht wahr? Eine freundliche Geste nach so langer Zeit. Du hast deinen verdammten Markt falsch eingeschätzt, Scarr.« Mendel bebte vor Wut. »Und warum brennen die Standlichter? Mach schon die Tür auf.«

Scarr drehte sich in der Dunkelheit zu Mendel um, und seine freie Hand tappte an seinen Taschen nach den Schlüsseln. Er zog ein Bund von drei oder vier Stück heraus, ging sie mit den Fingern durch und sperrte endlich die Wagentür auf. Mendel stieg ein, fand den Schalter für die Innenbeleuchtung und machte Licht. Er begann den Wagen methodisch zu durchsuchen. Scarr stand draußen und wartete.

Er arbeitete schnell, aber gewissenhaft. Handschuhfach, Sitze, Boden, Platz vor dem Hinterfenster: nichts. Er sondierte mit der Hand die Kartentasche an der Tür des Mitfahrers und zog eine Karte und einen Briefumschlag heraus. Das Kuvert war lang und flach, von graublauer Farbe mit einem Leinendessin. Kontinental, dachte Mendel. Draufgeschrieben war nichts. Er riß es auf. Es waren zehn alte Fünfpfundnoten drin und eine gewöhnliche Postkarte ohne Marke. Mendel hielt sie ans Licht und las die mit Kugelschreiber und in Blockbuchstaben geschriebene Mitteilung:

»Erledigt. Verkaufen Sie ihn.«

Eine Unterschrift fand sich nicht.

Er stieg wieder aus und packte Scarr an den Ellbogen. Scarr trat schnell zurück.

»Was hast du für ein Problem, Kumpel?« fragte er.

Mendel sprach sanft. »Es ist nicht mein Problem, Scarr, es ist deines. Das verdammt größte Problem, das du je gehabt hast. Mitschuld an Mord, versuchtem Mord, Vergehen gegen den Official Secrets Act. Und dazu kannst du Übertretung der Straßenverkehrsordnung, Steuerhinterziehung und ungefähr fünfzehn andere Anklagen hinzufügen, die mir einfallen werden, während du über dein Problem auf einer Pritsche in der Gefängniszelle nachdenkst.«

»Einen Augenblick, Polyp, wir wollen nicht über den Mond hinausschießen. Um was handelt es sich eigentlich? Wer, zum Teufel, redet hier von Mord?«

»Mach deine Ohren auf, Scarr, du bist ein kleiner Mann, der von den Großzügigen profitiert hat. Na gut, jetzt bist du der Großzügige. Ich rechne, daß es dich fünfzehn Jahre kosten wird.«

»Jetzt halten Sie schon endlich das Maul.«

»Nein, das werde ich nicht, kleiner Mann. Du steckst fest zwischen zwei Großen und bist der Dumme. Und was werde ich tun? Ich werde mich verdammt krank lachen, während du im Zuchthaus verrottest und dir deinen dicken Bauch anschaust. Siehst du das Spital dort? Da stirbt gerade ein Bursche, der von deinem großen Schotten umgebracht worden ist. Vor einer halben Stunde haben sie ihn hier in deinem Hof, blutend wie ein Schwein, gefunden. Ein anderer wurde in Surrey tot aufgefunden und, soviel ich weiß, einer in jeder verdammten Grafschaft hier im Land. Also es ist dein Problem, du Trottel, nicht meines. Noch etwas! Du bist der einzige, der weiß, wer er ist, nicht wahr? Er könnte vielleicht auf die Idee kommen, ein bißchen aufzuräumen, hast du kapiert?«

Scarr ging langsam auf die andere Seite des Wagens. »Steigen Sie ein, Polyp«, sagte er.

Mendel saß hinter dem Steuer und schloß die andere Tür von innen auf. Scarr setzte sich neben ihn. Das Licht schalteten sie nicht ein.

»Ich habe ein nettes Geschäft hier«, sagte Scarr ruhig, »die Einnahmen sind zwar klein, aber regelmäßig. Oder waren es wenigstens, bis dieser Kerl dahergekommen ist.«

»Was für ein Kerl?«

»Schön langsam, Polyp, drängeln Sie mich nicht. – Ich habe nicht an den Weihnachtsmann geglaubt, bis ich ihn getroffen habe. Holländer, sagte er, sei er, und im Diamantengeschäft. Ich will nicht behaupten, daß ich ihm geglaubt habe, denn Sie sind nicht aufs Hirn gefallen, und ich auch nicht. Ich habe nie gefragt, was er treibt, und er hat es mir auch nie gesagt, aber ich vermutete, daß es Schmuggel war. Geld zum Brennen hat er gehabt, das ist ihm aus den Fingern geflogen wie das Laub von den Bäumen im Herbst. ›Scarr‹, sagt er zu mir, ›Sie sind ein Geschäftsmann. Ich habe Aufsehen nicht gern, noch nie gern gehabt, und ich höre, daß wir zwei Vögel mit gleichen Federn sind. Ich brauch' einen Wagen. Nicht für immer, nur zum Ausleihen.‹ Er hat es nicht ganz so gesagt, wegen des Ausländischen, aber das ist so ungefähr der Sinn. Ich sage: ›Was ist Ihr Vorschlag, machen Sie mir ein Angebot.‹

›Gut‹, sagt er, ›ich bin vorsichtig. Ich will einen Wagen, daß niemand an mich 'ran kann. Wenn ich zum Beispiel einen Unfall hätte. Kaufen Sie für mich einen Wagen, Scarr, einen netten alten Wagen, der etwas unter der Haube hat. Aber auf Ihren eigenen Namen‹, sagt er, ›und stellen Sie ihn für mich aufs Eis. Hier sind fünfhundert Pfund für den Anfang und zwanzig im Monat für die Garage. Und dann gibt es extra was für jeden Tag, wenn ich ihn benutze. Aber, wie gesagt, ich bin scheu, und Sie kennen mich nicht. Dafür‹, sagt er, ›zahle ich: daß Sie mich nicht kennen.‹

Den Tag werde ich nicht vergessen. Es hat in Strömen geregnet, und ich habe gerade am Motor von einem alten Taxi herumgebastelt, das ich von einem Kerl in Wandsworth gekauft hatte. Einem Buchmacher war ich vierzig Pfund schuldig, und die Polente ist zudringlich geworden wegen eines Wagens, den ich auf Abstottern gekauft und in Clapham verkloppt hatte.«

Mr. Scarr holte tief Atem und blies dann die Luft wieder aus, mit einem Ausdruck von komischer Resignation.

»Auf einmal stand er hinter mir wie mein eigenes Gewissen und ließ Pfundnoten über mich herunterregnen wie alte Totoscheine.«

»Wie hat er ausgesehen?« erkundigte sich Mendel.

»Ziemlich jung war er. Großer blonder Bursche, aber eiskalt, kalt wie die Nächstenliebe. Seit damals habe ich ihn nie mehr gesehen. Er hat mir Briefe geschickt, die in London aufgegeben und auf gewöhnlichem Papier mit der Maschine geschrieben waren. Einfach nur: ›Seien Sie Montag abend bereit‹ oder: ›Donnerstag abend‹ und so. Es war alles genau ausgemacht. Ich habe den Wagen in den Hof gestellt, fix und fertig und voll Sprit. Wann er zurück sein wird, hat er nie gesagt. Hat ihn nur reingefahren bei Feierabend, oder später, die Standbeleuchtung brennen lassen und ihn abgesperrt. In die Kartentasche hat er immer ein paar Pfund gelegt, für jeden Tag, den er weg war.«

»Was war, wenn was schiefgegangen ist, wenn man dich für irgend etwas anderes beim Kragen hatte?«

»Er hat mir eine Telefonnummer gegeben und gesagt, ich soll anrufen und nach jemandem fragen.«

»Wie war der Name?«

»Er hat mir gesagt, ich soll mir einen aussuchen. Ich habe Blondie ausgesucht. Er hat das nicht sehr komisch gefunden, aber wir sind dabei geblieben. Die Nummer war Primrose 0098.«

»Hast du sie einmal gebraucht?«

»Ja, vor ein paar Jahren. Ich wollte zur Erholung zehn Tage nach Margate. Da habe ich mir gedacht, es ist besser, daß ich ihm das sage. Ein Mädchen war am Telefon – nach der Stimme auch eine Holländerin. Sie hat gesagt, Blondie ist in Holland, und sie wird die Botschaft übernehmen. Aber dann später habe ich mir die Mühe nicht mehr gemacht.«

»Warum nicht?«

»Es ist mir aufgefallen, verstehen Sie, daß er immer alle vierzehn Tage, immer am ersten und dritten Dienstag gekommen ist, außer im Januar und Februar. Diesmal ist er zum erstenmal im Januar gekommen. Er hat den Wagen meistens am Donnerstag zurückgebracht. Komisch, daß er heute abend gekommen ist. Aber jetzt ist es ja aus mit ihm, oder?« Scarr hielt die Karte, die ihm Mendel gegeben hatte, in seiner riesigen Hand.

»Ist er eigentlich manchmal weggeblieben? Längere Zeit?«

»Im Winter war er mehr weg. Im Januar ist er nie gekommen, auch im Februar nicht. Wie ich gesagt habe.«

Mendel hatte die fünfzig Pfund noch in der Hand. Er warf sie Scarr auf den Schoß.

»Bilde dir jetzt nicht ein, daß du Schwein gehabt hast. Ich möchte nicht in deinen Schuhen stecken, nicht einmal für zehnmal soviel Geld. Ich werde wiederkommen.«

Mr. Scarr sah beunruhigt aus.

»Ich hätte nicht gepfiffen«, sagte er, »aber ich will da in nichts hineinverwickelt werden, verstehen Sie. Schon gar nicht, wenn das alte Land dabei zu Schaden kommen würde, nicht wahr, Chef?«

»Ach, jetzt halt doch schon endlich den Mund«, sagte Mendel. Er war müde. Er nahm die Karte wieder an sich, stieg aus und ging in der Richtung zum Spital weg.

Dort gab es nichts Neues. Smiley war noch immer bewußtlos. Man hatte das C.I.D. benachrichtigt und riet Mendel, seinen Namen und seine Adresse zu hinterlassen und nach Hause zu gehen. Das Spital würde anrufen, wenn es etwas Neues gäbe. Nach langem Hin- und Herreden bekam Mendel endlich den Schlüssel zu Smileys Wagen von der Schwester.

Daß ich in Mitcham wohne, ist doch zu blöd, dachte er.

8

Erwägungen in einem Krankenzimmer

Er haßte das Bett wie ein Ertrinkender das Meer. Und die Bettücher, die ihn so festhielten, daß er weder Hand noch Fuß bewegen konnte.

Und das Zimmer haßte er, weil er davor Angst hatte. Bei der Tür stand ein kleiner Rollwagen mit Instrumenten drauf, Scheren, Verbandzeug, Flaschen, unheimliche Gegenstände, die den Schrecken des Unbekannten an sich hatten, das zur letzten Kommunion in weißes Leinen gehüllt war. Da gab es Gefäße, große, die halb mit Tüchern bedeckt waren und wie weiße Adler aussahen, die darauf warteten, seine Eingeweide zu zerreißen, und kleine Gläser, in denen Gummischläuche wie Schlangen zusammengerollt waren. Er haßte das alles, und er hatte Angst. Es war ihm heiß, und der Schweiß rann ihm herunter, er fror schweißgebadet, und der Schweiß lief ihm wie kaltes Blut in großen Tropfen über die Rippen. Tag und Nacht lösten einander ab, ohne daß es für Smiley einen Unterschied gemacht hätte. Er kämpfte einen ununterbrochenen Kampf gegen den Schlaf, denn wenn er die Augen schloß, schienen sie sich nach innen dem Chaos in seinem Hirn zuzuwenden. Und wenn ihm manchmal, einfach nur durch ihr Gewicht, die Augenlider heruntersanken, dann nahm er alle seine Kraft zusammen, um sie wieder in die Höhe zu bringen und auf das fahle Licht zu starren, das irgendwo über ihm flimmerte.

Dann kam der gesegnete Tag, an dem irgendwer die Gardinen hochgezogen haben mußte und das graue Licht des Winters hereinließ. Er hörte den Verkehr draußen und wußte, daß er leben würde.

So wurde also das Problem des Sterbens wieder ein akademisches – eine Schuld, deren Begleichung er aufschieben würde, bis er reich war und selber zahlen konnte. Sein Geist war wunderbar klar und wanderte wie Prometheus durch seine ganze Welt. Wo hatte er denn das gehört: »Vom Körper trennt sich dann der Geist, und er regiert in einem Reiche von Papier . . .?« Das Licht über ihm wurde ihm langweilig, und er wünschte, daß es mehr zu sehen gäbe. Auch die Weintrauben, der Geruch von Honig und Blumen und die Schokoladen langweilten ihn. Er wünschte sich Bücher und literarische Zeitschriften. Wie konnte er auf dem laufenden bleiben, wenn sie ihm keine Bücher gaben? Diese seine spezielle Periode wurde ohnedies wissenschaftlich so wenig erforscht, es gab so wenig schöpferische kritische Abhandlungen über das siebzehnte Jahrhundert.

Es dauerte drei Wochen, bevor man Mendel erlaubte, ihn zu besuchen. Er kam mit einem neuen Hut in der Hand hinein und hatte ein Buch über Bienen mit. Er legte den Hut auf das Fußende des Bettes und das Buch auf das Nachttischchen und grinste.

»Ich habe Ihnen ein Buch gekauft«, sagte er. »Über Bienen. Das sind gescheite kleine Kerle. Vielleicht interessiert es Sie.«

Er setzte sich auf die Bettkante. »Ich habe einen neuen Hut. Total verrückt. Zur Feier meiner Pensionierung.«

»Ach ja. Das habe ich ganz vergessen. Sie sind ja auch in der Ablage.« Sie lachten beide und schwiegen dann.

Smiley zwinkerte mit den Augen. »Ich fürchte, ich sehe Sie nicht recht deutlich im Augenblick. Ich darf meine alten Gläser nicht mehr tragen. Sie besorgen mir neue.« Er machte eine Pause. »Wissen Sie, wer es war? Wissen Sie das?«

»Vielleicht. Kommt darauf an. Ich glaube, ich habe eine Spur. Aber ich weiß nicht genug, das ist das Blöde. Über Ihre Arbeit, meine ich. Sagt Ihnen die Ostdeutsche Stahl-Mission irgend etwas?«

»Ich glaube schon, ist vor vier Jahren hergekommen. Wollte mit der Handelskammer Verbindung aufnehmen.«

Mendel erzählte von seiner Unterhaltung mit Mr. Scarr. »... sagte, er sei Holländer. Die einzige Kontaktmöglichkeit war eine Telefonnummer: Primrose ... Ich habe festgestellt, wer der Teilnehmer ist. Steht als Ostdeutsche Stahl-Mission im Telefonbuch, in Belsize Park. Ich habe jemanden hingeschickt, der ein wenig herumschnüffeln sollte. Sie sind weg. Nichts mehr dort, keine Möbel, überhaupt nichts. Nur das Telefon. Und das ist aus der Wand gerissen.«

»Wann sind sie denn weg?«

»Am 3. Januar, demselben Tag, an dem Fennan umgebracht worden ist.« Er sah Smiley vielsagend an.

Smiley dachte einen Augenblick nach und sagte dann:

»Setzen Sie sich mit Peter Guillam im Verteidigungsministerium in Verbindung und bringen Sie ihn morgen her. Wenn nötig, mit Gewalt.«

Mendel nahm seinen Hut und ging zur Tür.

»Auf Wiedersehen«, sagte Smiley, »danke für das Buch.«

»Also dann morgen. Auf Wiedersehen.« Mendel ging.

Smiley sank auf sein Bett zurück. Der Kopf schmerzte ihn. Zu dumm, ich habe mich nicht für den Honig bedankt. Und er war sogar von Fortnum gewesen.

Was hatte der Weckanruf zu bedeuten? Das beschäftigte ihn mehr als alles andere. Es ist eigentlich zu blöd, dachte Smiley, aber von allen ungeklärten Umständen zerbrach er sich darüber am meisten den Kopf.

Elsa Fennans Erklärung war so dumm, so auf den ersten Blick völlig unwahrscheinlich gewesen. Ann, ja, die hätte es zustande gebracht, daß die ganze Telefonzentrale kopf stand, wenn sie dazu aufgelegt war, aber auf keinen Fall Elsa Fennan. Nichts in ihrem wachen, intelligenten kleinen Gesicht, nichts an ihrer vollkommenen Selbständigkeit unterstützte ihre lächerliche Behauptung, sie sei zerstreut. Sie hätte sagen sollen, daß die Zentrale sich wahrscheinlich geirrt habe, an einem verkehrten Tag angerufen, irgend etwas anderes. Fennan ja, der war zerstreut gewesen. Das war einer der merkwürdigen Widersprüche in Fennans Charakterbild, der sich bei den Nachforschungen vor der Einvernahme herausgestellt hatte. Er las begierig Wildwest-Romane und spielte leidenschaftlich Schach. Er war Musiker und in seiner Freizeit ein Philosoph, ein tiefer Denker – aber zerstreut. Einmal hatte es seinetwegen ein fürchterliches Theater gegeben, als er geheime Akten aus dem Außenamt mitnahm. Es stellte sich dann heraus, daß er sie zusammen mit der ›Times‹ und der Abendzeitung in seine Aktentasche gesteckt hatte, bevor er nach Walliston heimfuhr.

Hatte Elsa Fennan in ihrer Panik sich in das Mäntelchen ihres Mannes gehüllt? Oder in das Motiv ihres Mannes? Hatte Fennan den Anruf bestellt, um sich selber an etwas zu erinnern, und hatte Elsa das Motiv geborgt? Wenn das so war, woran mußte Fennan sich erinnern lassen – und was wollte seine Frau so verzweifelt verbergen?

Samuel Fennan. In ihm trafen sich die neue Welt und die alte. Der ewige Jude, kultiviert, kosmopolitisch, selbstentschlossen, fleißig und aufnahmefähig. Für Smiley ganz außergewöhnlich anziehend. Ein Kind seines Jahrhunderts. Verfolgt wie Elsa und aus seiner Wahlheimat Deutschland an die Universität nach England vertrieben. Einfach nur durch seine Begabung hatte er alle Nachteile und Vorurteile wettgemacht und war schließlich in das Außenamt eingetreten. Es war eine bemerkenswerte Leistung gewesen, die er nichts anderem verdankte als seinen brillanten Fähigkeiten. Und wenn er ein wenig eingebildet war und nicht geneigt, die Entscheidung primitiverer Geister abzuwarten, wer konnte ihm daraus einen Vorwurf machen? Es hatte einiges Stirnrunzeln gegeben, als er sich für ein geteiltes Deutschland aussprach, aber die Aufregung hatte sich wieder gelegt, er war in eine asiatische Abteilung versetzt worden, und die Affäre war vergessen. Im übrigen war er fast übertrieben generös gewesen und beliebt, in Whitehall wie in Surrey, wo er jedes Wochenende einige Stunden im Dienste der Nächstenliebe arbeitete. Sein größtes Vergnügen war das Skilaufen gewesen. Jedes Jahr nahm er seinen ganzen Urlaub auf einmal und verbrachte sechs Wochen in der Schweiz oder in Österreich. Deutschland hatte er nur ein einziges Mal besucht, erinnerte sich Smiley. Vor etwa vier Jahren, zusammen mit seiner Frau.

Es war ganz natürlich gewesen, daß Fennan sich in Oxford der Linken anschloß. Es war die große Blütezeit des Kommunismus an den Universitäten, und die Gründe dafür konnte er, bei Gott, verstehen: der Aufstieg des Faschismus in Deutschland und Italien, der Einmarsch Japans in die Mandschurei, der Aufstand Francos in Spanien, die Depression in Amerika und vor allem die Welle von Antisemitismus, die über Europa ging. Es war unausbleiblich, daß Fennan ein Ventil für seinen Zorn und eine Ablenkung suchen mußte. Übrigens war die Partei damals respektabel. Die Mißerfolge der Labour Party und der Koalitionsregierung hatten viele Intellektuelle davon überzeugt, daß allein die Kommunisten eine effektive Alternative gegenüber dem Kapitalismus und dem Faschismus zu bieten hätten. Es war die Begeisterung, die Stimmung heimlicher Verschwörung und Kameradschaft, die bei Fennans Charakter gezündet haben mußten und ihm Trost in seiner Einsamkeit gegeben hatten. Es war die Rede davon gewesen, nach Spanien zu gehen – einige waren wirklich gegangen und kehrten, wie Cornford aus Cambridge, nie zurück.

Smiley konnte sich den Samuel Fennan von damals gut vorstellen. Zerfahren und ernst, brachte er seinen Kameraden ohne Zweifel die Erfahrung echten Leidens, war ein Veteran unter Kadetten. Seine Eltern waren tot. Sein Vater war ein kleiner Bankier gewesen, der in weiser Voraussicht in der Schweiz ein kleines Konto angelegt hatte. Es war nicht viel gewesen, aber es reichte zur Not für das Studium in Oxford und schützte ihn vor dem kalten Wind der Armut.

Smiley erinnerte sich ganz genau an sein Gespräch mit Fennan. Einer von vielen, aber doch anders. Anders wegen der Sprache. Fennan war so präzis, so schnell, so sicher. »Ihr größter Tag«, hatte er erzählt, »war, als die Bergarbeiter kamen. Sie kamen von Rhondda, verstehen Sie, und es kam den Genossen so vor, als wäre der Geist der Freiheit mit ihnen von den Hügeln heruntergestiegen. Es war ein Hungermarsch. Es fiel der Gruppe gar nicht ein, daß die Marschierer vielleicht wirklich hungrig sein könnten, aber ich dachte daran. Wir mieteten einen Lastwagen, und die Mädchen machten Stew – in rauhen Mengen. Das Fleisch bekamen wir billig von einem sympathisierenden Fleischer auf dem Markt. Dann fuhren wir ihnen entgegen. Sie aßen das Stew und marschierten weiter. Sie haben uns eigentlich nicht geliebt, verstehen Sie, sie trauten uns nicht recht.« Er lachte. »Sie waren so klein – an das erinnere ich mich am meisten –, klein und schwarz wie Kobolde. Wir hofften, daß sie singen würden, und das taten sie dann auch. Aber nicht für uns, für sich selber. Das war damals das erste Mal, daß ich Waliser gesehen habe.

Es hat mich meine eigene Rasse besser verstehen lassen, glaube ich. Ich bin Jude, sehen Sie.«

Smiley hatte genickt.

»Sie wußten nicht, was sie tun sollten, als die Waliser wieder fort waren. Was macht man, wenn ein

Traum wahr geworden ist? Damals verstanden sie, warum die Partei keinen großen Wert auf Intellektuelle legte. Ich glaube, sie kamen sich hauptsächlich recht nutzlos vor und waren beschämt. Sie schämten sich ihrer Betten, ihrer Zimmer, ihrer vollen Bäuche und ihrer gescheiten Abhandlungen. Auch ihrer Fähigkeiten und ihrer Fröhlichkeit. Sie redeten immer davon, wie Keir Hardie, mit einem Stück Kreide auf dem Kohlenflöz schreibend, sich ganz allein das Stenographieren beibrachte. Sie schämten sich, daß sie Papier und Bleistift hatten. Aber es hat auch keinen Sinn, das Schreibzeug deshalb einfach wegzuwerfen, nicht wahr. Das ist mir schließlich aufgegangen. Deshalb bin ich wohl aus der Partei ausgetreten, glaube ich.«

Smiley wollte ihn fragen, was er selbst gefühlt habe, aber Fennan redete schon weiter. Er hatte nichts mit ihnen gemein, das war ihm klar geworden. Sie waren keine Männer, sondern Kinder, die von Freiheitsfeuern, Zigeunermusik und einer einheitlichen Welt von morgen träumten, auf weißen Rossen über die Bucht von Biskaya ritten oder mit kindischem Vergnügen für hungernde Kobolde aus Wales Bier kauften. Kinder, die nicht die Kraft hatten, der Sonne aus dem Osten Widerstand zu leisten, und ihr gehorsam zu Tausenden ihre Köpfe zuwandten. Sie liebten einander und glaubten, daß sie die Menschheit liebte, sie bekämpften einander und meinten, sie kämpften gegen die Welt.

Bald hatte er sie komisch und rührend gefunden. Ebensogut hätten sie für Soldaten Socken stricken können. Das Mißverhältnis zwischen Traum und Wirklichkeit veranlaßte ihn, beide genau zu analysieren. Er konzentrierte seine ganze Energie auf philosophische und historische Lektüre, und zu seiner Überraschung fand er in der geistigen Klarheit des Marxismus Trost und Frieden. Er ergötzte sich an seiner intellektuellen Unbarmherzigkeit, bewunderte seine Furchtlosigkeit bei der akademischen Umkehrung traditioneller Werte. Schließlich war es das, und nicht die Partei, was ihm in seiner Einsamkeit Kraft gab. Eine Philosophie, die totale Hingabe an eine unangreifbare dogmatische Formel verlangte, die ihn demütigte und inspirierte. Und als er endlich Erfolg, Wohlstand und Aufnahme gefunden hatte, wandte er ihr traurig den Rücken wie einem Schatz, dem er entwachsen war und mit den Träumen seiner Jugend in Oxford lassen mußte.

So hatte es Fennan geschildert, und Smiley hatte ihn verstanden. Es war kaum die Geschichte von Zorn und Ressentiment, die Smiley erfahrungsgemäß bei solchen Einvernahmen zu erwarten pflegten, aber (oder vielleicht eben deshalb) sie kam ihm wirklicher vor. Und dann war da noch ein Punkt, im Zusammenhang mit der Einvernahme, nämlich Smileys Überzeugung, daß Fennan irgend etwas Wichtiges unausgesprochen gelassen hatte.

Bestand tatsächlich eine Verbindung zwischen dem Vorfall in Bywater Street und Fennans Tod? Smiley machte sich den Vorwurf, übers Ziel zu schießen. Bei objektiver Betrachtung gab es nichts außer der zeitlichen Aufeinanderfolge der Ereignisse, das angedeutet hätte, daß Fennan und Smiley irgendwie zusammenhingen.

Das heißt, die zeitliche Aufeinanderfolge und das Gewicht von Smileys Intuition, Erfahrung oder was sonst – dieses besonderen Sinnes, der ihn veranlaßt hatte, zu klingeln, statt seinen Schlüssel zu gebrauchen, dieses Sinnes, der ihn allerdings nicht gewarnt hatte, als hinter ihm in der Nacht ein Mörder mit einem Bleirohr stand.

Die Vernehmung war inoffiziell gewesen, das war richtig. Der Spaziergang im Park erinnerte ihn mehr an Oxford als an Whitehall. Der Spaziergang im Park, das Café in Millbank. Ja, es war auch in dem ganzen Verfahren ein Unterschied gegen sonst, aber worauf lief das schon hinaus? Ein Beamter des Außenamtes geht im Park spazieren und spricht ernst mit einem kleinen unbekannten Mann … Außer natürlich, der kleine Mann war nicht so unbekannt.

Smiley nahm eine Broschüre zur Hand und begann auf dem Vorsatzblatt zu schreiben:

»Nehmen wir an – was in keiner Weise bewiesen ist –, daß der Mörder Fennans und der Mann, der Smiley zu ermorden versuchte, identisch sind. Welche Umstände verknüpften Smiley mit Fennan *vor* dessen Tod?

1. Vor der Vernehmung am Montag, dem 2. Januar, habe ich Fennan noch nie gesehen. Ich habe im Department sein Dossier gelesen und gewisse Vorerhebungen gemacht.
2. Am 2. Januar fuhr ich mit einem Taxi allein zum Außenministerium. Das A. M. arrangierte die Einvernahme, wußte aber nicht, ich wiederhole, wußte nicht im voraus, wer sie durchführen würde. Fennan hatte deshalb

vorher keine Kenntnis von meiner Identität, ebenso niemand außerhalb des Department.

3. Die Unterredung zerfiel in zwei Teile: den ersten im A. M., bei dem Leute durch das Büro gingen und uns in keiner Weise beachteten, und den zweiten draußen, wo uns jeder beliebige beobachten konnte.«

Was war daraus zu schließen? Nichts, außer ...

Ja, das war der einzig mögliche Schluß: ... außer, daß derjenige, der sie beisammen sah, nicht nur Fennan, sondern auch Smiley kannte und auf ihr Zusammensein auf das heftigste reagierte.

Warum? In welcher Weise war Smiley gefährlich? Auf einmal gingen seine Augen ganz weit auf. Natürlich in einer Weise, nur auf diese Weise – als Beamter des Sicherheitsdienstes.

Er legte seinen Bleistift hin.

Derjenige also, der Sam Fennan getötet hatte, war aufs äußerste daran interessiert, daß Fennan nicht mit einem vom Sicherheitsdienst sprechen sollte. Vielleicht jemand im Außenamt? Aber besonders jemand, der auch Smiley kannte. Vielleicht jemand, der Fennan in Oxford gekannt hatte, als Kommunisten gekannt hatte. Einer, der sich davor fürchtete, bloßgestellt zu werden, der dachte, Fennan würde reden, vielleicht schon geredet haben? Und wenn er geredet hatte, dann mußte Smiley natürlich beseitigt werden – und zwar schnell, bevor er seinen Bericht abliefern konnte.

Das würde den Mord an Fennan und den Anschlag auf Smiley erklären. Das gab der Sache einen gewissen Sinn, aber auch nicht sehr viel. Er baute sein

Kartenhaus so hoch es ging und hatte noch immer Karten in der Hand. Was war mit Elsa, ihren Lügen, wie war sie hineinverwickelt, warum hatte sie Angst? Der Wagen, der Anruf um halb neun? Wie war das mit dem anonymen Brief? Wenn der Mörder Angst vor einem Kontakt zwischen Smiley und Fennan hatte, dann hätte er doch wohl kaum die Aufmerksamkeit auf Fennan gelenkt, indem er ihn denunzierte. Also wer? Wer?

Er legte sich zurück und schloß die Augen. In seinem Kopf tobte es schon wieder. Vielleicht konnte Peter Guillam helfen. Er war die einzige Hoffnung. Alles begann sich um ihn zu drehen, und er hatte wieder fürchterliche Schmerzen.

9

Es wird aufgeräumt

Mendel führte Peter Guillam in das Krankenzimmer und grinste breit.

»Hab' ihn«, sagte er.

Das Gespräch war anfangs peinlich. Etwas gespannt, wenigstens für Guillam, mit Rücksicht auf Smileys plötzlichen Austritt und die ungehörige Tatsache, daß man sich in einem Krankenzimmer traf. Smiley trug eine blaue Bettjacke, sein Haar war borstig und unordentlich, wegen des Verbandes, und er hatte noch immer die Spur einer heftigen Quetschung an seiner linken Schläfe.

Nach einer ziemlich unangenehmen Pause sagte Smiley: »Hören Sie, Peter, Mendel hat Ihnen gesagt, was mir passiert ist. Sie sind der Fachmann – was wissen wir über die Ostdeutsche Stahl-Mission?«

»Rein wie frischgefallener Schnee, außer daß sie so plötzlich verschwunden ist. Nur drei Leute und ein Aufpasser dabei. Sie haben irgendwo in Hampstead ihre Zelte aufgeschlagen. Niemand hat anfangs recht gewußt, warum sie gekommen sind, aber in den letzten vier Jahren haben sie recht anständig gearbeitet.«

»Was waren ihre Beziehungen?«

»Das weiß Gott. Ich glaube, wie sie gekommen sind, haben sie gedacht, daß sie die Handelskammer dazu überreden könnten, etwas gegen die europäischen Stahlkonzerne zu unternehmen, man hat ihnen aber die kalte Schulter gezeigt. Dann beschäftigten sie sich mit Konsularsachen, hauptsächlich Werkzeugmaschinen und Fertigwaren, Austausch von industriellen und technischen Informationen und so weiter. Das hat nichts mit dem Zweck zu tun, dessentwegen sie gekommen sind, aber es ist weit annehmbarer, finde ich.«

»Was waren es für Leute?«

»Ach, zwei Techniker – Professor Doktor Sowieso und irgendein Doktor –, zwei Mädchen und ein allgemeiner Aufpasser.«

»Wer war der Wachhund?«

»Weiß nicht. Irgendein junger Diplomat, der die Falten ausbügeln sollte. Wir haben ihre Dossiers im Department. Ich kann Ihnen Details schicken, glaube ich.«

»Wenn es Ihnen nichts ausmacht.«

»Das ist doch selbstverständlich.«

Wieder entstand eine peinliche Pause. Smiley sagte: »Bilder wären eine wertvolle Hilfe, Peter. Geht das?«

»Ja ja, natürlich.« Guillam sah etwas verwirrt von Smiley weg. »Wir wissen eigentlich nicht viel über die Ostdeutschen, verstehen Sie. Hier und dort bekommen wir einzelne Bruchstücke in die Hand, aber im großen und ganzen sind sie irgendwie ein Mysterium. Wenn sie überhaupt arbeiten, dann tun sie es nicht unter dem Deckmantel von diplomatischen oder handelspolitischen Beziehungen. Deshalb ist es merkwürdig, wenn Sie bei diesem Burschen recht haben, daß er von der Stahl-Mission kommt.«

»Aha«, sagte Smiley ohne Überzeugung.

»Es ist natürlich schwer, aus den wenigen verstreuten Fällen, die wir kennen, allgemeine Schlüsse zu ziehen. Mein Eindruck ist der, daß sie ihre Agenten direkt aus Deutschland herüberschicken und im Operationsgebiet selbst keinen Kontakt zwischen Überwacher und Agenten haben.«

»Aber das muß sie doch schrecklich behindern«, rief Smiley. »Man muß monatelang warten, bis der Agent zu einem Treffpunkt außerhalb des Landes, in dem er arbeitet, reisen kann. Vielleicht hat er gar nicht den nötigen Vorwand, um überhaupt fahren zu können.«

»Sicher, das muß sie offensichtlich sehr behindern, aber ihre Ziele scheinen von so geringfügiger Bedeutung zu sein. Am liebsten setzen sie Ausländer ein – Schweden, Exilpolen und was weiß ich noch alles. Sie schicken sie mit kurzfristigen Aufträgen herüber, wobei die Beschränktheit ihrer Technik nichts ausmacht. In besonderen Fällen, in denen sie einen Agenten haben, der im Lande wohnt, haben sie ein Kuriersystem, das dem der Sowjets entspricht.«

Jetzt horchte Smiley auf.

»Wie gesagt«, fuhr Guillam fort, »die Amerikaner haben vor ganz kurzer Zeit einen Kurier abgefangen, und dabei haben wir ein bißchen über die Methoden der DDR gelernt.«

»Was, zum Beispiel?«

»Ja, also, sie warten nie bei einem Rendezvous, treffen sich nie zur besprochenen Zeit, sondern zwanzig Minuten früher. Sie haben Erkennungszeichen – alle die üblichen Verschwörertricks, die das Drum und Dran zweitrangiger Spionage sind. Auch mit Decknamen schusseln sie herum. Ein Kurier kann mit drei oder vier Agenten Kontakt haben – ein Kontrollmann beaufsichtigt unter

Umständen bis zu fünfzehn. Sie erfinden nie selber Decknamen für sich.«

»Wie meinen Sie das? Das ist doch notwendig.«

»Sie lassen den Agenten einen erfinden. Der Agent wählt einen Namen, irgendeinen x-beliebigen Namen, der ihm paßt, und der Kontrollmann nimmt ihn an. Auch so ein Trick ...« Er hielt inne und sah Mendel erstaunt an.

Mendel war aufgesprungen.

Guillam setzte sich wieder auf seinen Stuhl und überlegte, ob er rauchen dürfe. Widerwillig kam er zu der Erkenntnis, daß das nicht gestattet wäre. Eine einzige Zigarette hätte ihm genügt.

»Also?« sagte Smiley. Mendel hatte Guillam von seiner Unterredung mit Mr. Scarr berichtet.

»Es paßt«, sagte Guillam. »Das paßt genau mit dem zusammen, was wir wissen. Aber wir wissen nicht so viel. Wenn Blondie ein Kurier war, dann ist es außergewöhnlich – wenigstens nach meiner Erfahrung –, daß er eine Handelsmission als Stützpunkt benutzte.«

»Sie haben doch gesagt, daß die Mission seit vier Jahren hier war«, sagte Mendel. »Blondie ist vor vier Jahren zum erstenmal zu Scarr gekommen.«

Einen Augenblick sagte niemand etwas. Dann meinte Smiley ernst: »Es ist möglich, daß sie unter besonderen Arbeitsbedingungen ebenso einen Stützpunkt wie Kuriere gebraucht haben.«

»Ja natürlich, wenn sie hinter einer wirklich großen Sache her waren, dann vielleicht schon.«

»Das heißt, wenn es sich um einen Agenten in besonders hoher Stellung gehandelt hätte?«

»Ja, so ungefähr.«

»Und wenn wir annehmen, daß sie so einen Agenten hatten, einen Maclean oder Fuchs, dann wäre es verständlich, daß sie hier unter dem Deckmantel von Handelsbeziehungen einen Stützpunkt aufgemacht hätten, der keine andere Funktion hatte, als dem Agenten behilflich zu sein?«

»Ja, das kann man sich vorstellen. Aber es ist schon etwas stark, George. Du unterstellst, daß der Agent von außerhalb dirigiert ist, von einem Kurier bedient wird und der Kurier seinerseits durch die Mission, die auch gleichzeitig der persönliche Schutzengel des Agenten ist. Das müßte schon ein Agent von Format sein.«

»Das ist zwar nicht genau das, was ich sagen will, aber ziemlich nah dran. Und ich gebe zu, daß das System einen Agenten von größter Wichtigkeit voraussetzt. Vergessen Sie nicht, daß Blondie nur nach seiner eigenen Aussage von draußen gekommen ist.«

Jetzt mischte sich Mendel ein: »Dieser Agent, hätte der direkten Kontakt mit der Mission?«

»Nein, nein, um Gottes willen«, sagte Guillam. »Aber er hätte für den Notfall wahrscheinlich irgendeine Möglichkeit, sich mit ihr in Verbindung zu setzen – einen Telefoncode oder etwas Ähnliches.«

»Wie funktioniert so etwas?« fragte Mendel.

»Das ist verschieden. Vielleicht der Trick mit der falschen Nummer. Man wählt die Nummer in einem Automaten und verlangt, mit George Brown zu sprechen, und bekommt die Antwort, daß es dort keinen George Brown gibt. Man entschuldigt sich und hängt auf. Zeit und Treffpunkt sind vorher vereinbart. Das

Notsignal ist in dem Namen enthalten, um den man fragt. Es wird jemand dort sein.«

»Welche anderen Aufgaben hätte die Mission noch?« erkundigte sich Smiley.

»Schwer zu sagen. Vielleicht die Bezahlung. Einrichtung einer Stelle, wo die Berichte abgegeben werden können. Alle diese Arrangements würde natürlich der Überwacher für den Agenten machen und ihm das Notwendige durch den Kurier mitteilen. Sie arbeiten zum Großteil nach dem russischen System, wie ich schon gesagt habe. Auch die kleinsten Details werden von der Kontrolle festgelegt. Die Leute, die im Einsatz stehen, bekommen wenig freie Hand.«

Wieder trat Stille ein. Smiley sah zuerst Guillam, dann Mendel an, blinzelte und sagte schließlich: »Im Januar und Februar ist Blondie nicht zu Scarr gekommen, ist das richtig?

»Ja, diesmal war es das erste Mal«, antwortete Mendel.

»Fennan ist im Januar und Februar immer auf Skiurlaub gefahren. Dieses Jahr ist er zum erstenmal seit vier Jahren hier geblieben.«

»Ob ich nicht doch Maston besuchen sollte«, meinte Smiley.

Guillam streckte sich genießerisch und lächelte: »Sie können es ja immerhin versuchen. Es wird ihm ein Erlebnis sein zu hören, daß Sie eins über den Schädel bekommen haben. Ich habe so eine Vorahnung, daß er glauben wird, Battersea liegt an der Küste, und er wird sich weiter um nichts kümmern. Sagen Sie ihm, daß man Sie überfallen hat, wie Sie in irgendeinem privaten Hof herumgegangen sind – er wird verstehen. Erzählen Sie ihm auch was von dem Angreifer, George. Sie haben ihn nicht gesehen, wohlgemerkt, und Sie kennen seinen Namen nicht, aber er ist ein Kurier des Ostdeutschen Spionagedienstes. Maston wird Sie decken, das tut er immer. Besonders, wenn er dem Minister Bericht erstatten muß.«

Smiley sah Guillam an und schwieg.

»Auch nach dem Hieb auf den Kopf«, fügte Guillam hinzu, »er wird verstehen.«

»Aber, Peter . . .«

»Ich weiß schon, George, ich weiß schon.«

»Also gut, dann will ich Ihnen etwas anderes sagen. Blondie hat den Wagen immer am ersten Dienstag in jedem Monat geholt.«

»So?«

»Das waren die Abende, an denen Elsa Fennan nach Weybridge ins Theater gegangen ist. Fennan hat an Dienstagen immer bis spät gearbeitet, hat sie gesagt.«

Guillam stand auf. »Also, ich werde ein bißchen herumstöbern, George. Wiedersehen, Mendel, ich rufe Sie wahrscheinlich heute abend an. Ich weiß zwar gar nicht, was wir im Augenblick tun könnten, aber es wäre fein, wenn wir es wüßten, nicht wahr?« Er war schon bei der Tür. »Übrigens, wo sind die Sachen, die Fennan bei sich hatte, Brieftasche, Notizbuch und so weiter? Sachen, die an der Leiche gefunden wurden?«

»Wahrscheinlich noch auf der Polizeistation«, meinte Mendel. »Bis nach der Verhandlung.«

Guillam stand einen Augenblick da, sah Smiley an und wußte nicht, was er sagen sollte.

»Kann ich sonst was für Sie tun, George?«

»Nein, danke – ach ja, da fällt mir was ein.«

»Ja?«

»Könnten Sie mir das C.I.D. vom Hals schaffen? Sie haben mich schon dreimal besucht und sind hier natürlich nicht weitergekommen. Könnten Sie veranlassen, daß diese Angelegenheit zum gegenwärtigen Zeitpunkt als Spionagefall behandelt wird? Tun Sie mysteriös und machen Sie es geschickt.«

»Ja, das glaube ich schon.«

»Ich weiß, daß es schwer ist, Peter, weil ich doch nicht ...«

»Ach, da fällt mir etwas anderes ein. Nur um Sie ein bißchen aufzuheitern. Ich habe die Schriften der beiden Schreiben, Fennans Abschiedsbrief und den anonymen, vergleichen lassen. Sie sind von verschiedenen Personen auf derselben Maschine geschrieben worden. Unterschiede im Anschlag und bei den Zwischenräumen, aber dieselben Typen. Also, auf Wiedersehen, alter Freund. Und lassen Sie sich die Trauben gut schmecken.«

Guillam schloß die Tür hinter sich. Sie hörten den harten Widerhall seiner Schritte auf den Fliesen des Ganges.

Mendel rollte sich eine Zigarette.

»Um Gottes willen«, sagte Smiley, »haben Sie denn vor nichts Angst? Haben Sie die Schwester hier noch nicht gesehen?«

Mendel grinste und schüttelte den Kopf.

»Man kann nur einmal sterben«, sagte er und steckte die Zigarette zwischen seine schmalen Lippen. Smiley sah ihm zu, wie er sie anzündete. Er zog sein Feuerzeug heraus, machte es auf, setzte mit seinem gebeizten Daumen das Rädchen in Bewegung, deckte dann schnell seine hohlen Handflächen darüber und näherte die Flamme seiner Zigarette. Als ob ein Orkan geherrscht hätte.

»Also, Sie sind der Kriminalfachmann. Wie stehen wir?« fragte Smiley.

»Alles durcheinander und ungeordnet.«

»Wieso?«

»Lose Fäden, wo man hinschaut. Keine Polizeiarbeit. Nichts nachgeprüft. Wie Algebra.«

»Was hat Algebra damit zu tun?«

»Man muß zuerst feststellen, was bekannt ist. Die konstanten Größen finden. Ist sie wirklich ins Theater gegangen? War sie allein? Haben die Nachbarn sie heimkommen gehört? Wenn, dann wann? Ist Fennan an Dienstagen wirklich erst spät nach Hause gekommen? Ist seine Angetraute regelmäßig alle vierzehn Tage ins Theater gegangen, wie sie gesagt hat?«

»Und der Anruf um halb neun. Können Sie mir den erklären?«

»Der geht Ihnen im Kopf herum, nicht wahr?«

»Ja. Von allen losen Fäden ist das der loseste. Ich brüte die ganze Zeit darüber nach, sage ich Ihnen, aber er ist mir einfach unverständlich. Ich habe mir den Fahrplan da angesehen. Er war ein pünktlicher Mensch – oft ist er als erster im Amt gewesen und hat seinen Schreibtisch aufgesperrt. Er pflegte den Zug um 8 Uhr 54, den um 9 Uhr 8 oder im ungünstigsten Fall den um 9 Uhr 14 zu erreichen. Der um 8 Uhr 54 kommt um 9 Uhr 38 an. Er kam gerne um dreiviertel zehn ins Büro. Es konnte unmöglich seine Absicht sein, sich erst um halb neun wecken zu lassen.«

»Vielleicht hat er nur das Geklingel gern gehört«, sagte Mendel und stand auf.

»Und die Briefe«, setzte Smiley fort. »Verschiedene Schreiber, aber dieselbe Maschine. Außer dem Mörder hatten noch zwei Menschen Zutritt zu dieser Maschine: Fennan und seine Frau. Wenn wir annehmen, daß Fennan den Abschiedsbrief selber geschrieben hat – unterschrieben hat er ihn ja ohne Zweifel –, dann müssen wir auch annehmen, daß Elsa die Denunziation geschrieben hat. Warum hat sie das getan?«

Smiley war völlig erschöpft und erleichtert darüber, daß Mendel ging.

»Ich gehe aufräumen. Die Konstanten finden.«

»Sie werden Geld brauchen«, sagte Smiley und bot ihm welches aus der Brieftasche in seinem Nachtkästchen an. Mendel nahm es ohne weiteres Zeremoniell und ging.

Smiley lehnte sich zurück. Sein Kopf war glühend heiß, und es hämmerte darin wie wahnsinnig. Er wollte zuerst die Schwester rufen, unterließ es aber dann aus Feigheit. Langsam hörte das Pochen auf. Draußen hörte er die Sirene einer Ambulanz, die von der Prince of Wales Drive in den Hof des Spitals einfuhr. »Vielleicht hat er es nur gerne klingeln gehört«, dachte er und schlief ein.

Er wurde durch einen Streit draußen auf dem Gang geweckt. Er hörte die Schwester mit erhobener Stimme protestieren. Er hörte Schritte und die Stimme Mendels, die aufgeregt dagegenredete. Plötzlich ging die Tür auf, und jemand drehte das Licht an. Es war dreiviertel sechs. Mendel redete auf ihn ein. Er schrie fast. Was versuchte er ihm da zu sagen? Etwas von Battersea Bridge ... die Flußpolizei ... seit gestern abgängig. Er war hellwach. Adam Scarr war tot.

10

Die Geschichte der Jungfrau

Mendel chauffierte sehr gut und mit einer schulmeisterlichen Pedanterie, die Smiley komisch gefunden hätte. Die Weybridge Road war, wie gewöhnlich, vollgestopft mit Fahrzeugen. Mendel haßte die Autofahrer. Wenn man einem Menschen einen Wagen gibt, dann läßt er die Anständigkeit und den gesunden Menschenverstand in der Garage zurück. Ganz gleich, wer es war. Er hatte Bischöfe im Purpur gesehen, die in der Innenstadt mit hundert Sachen fuhren und die Fußgänger so erschreckten, daß sie den Kopf verloren. Smileys Wagen mochte er gern. Ihm gefiel die peinliche Gewissenhaftigkeit, mit der er gepflegt war, die vernünftigen, nützlichen Kleinigkeiten. Er war ein netter kleiner Wagen.

Er schätzte Menschen, die sich um ihre Sachen kümmerten, die das beendeten, was sie begannen. Ihm gefielen Gründlichkeit und Genauigkeit. Keine Pfuscherei. Wie dieser Mörder. Wie hatte Scarr gesagt? »Jung, aber eiskalt. Kalt wie die Nächstenliebe.« Er kannte diesen Blick, und Scarr hatte ihn auch erkannt ... den Ausdruck vollständiger Verneinung in den Augen eines jungen Mörders. Es war nicht der Blick eines wilden Tieres, nicht der verzerrte wilde Ausdruck eines Tobsüchtigen, sondern ein Blick aufs höchste gesteigerter, erprobter, bestätigter Perfektion. Es war ein Zustand, der über das im Krieg Erlebte hinausging. Das Erlebnis des Sterbens im Krieg bringt eine gewisse Abstumpfung mit sich, aber darüber geht die anmaßende Überzeugung von der eigenen Überlegenheit im Hirn des professionellen Mörders weit, himmelweit hinaus. Ja. Mendel hatte ihn schon gesehen. Den, der sich abseits hielt von der Bande, mit fahlen, toten Augen, dem die Mädchen nachgingen und von dem sie ohne ein Lächeln redeten. Ja, er war eiskalt.

Scarrs Tod hatte Mendel Angst eingejagt. Er ließ sich von Smiley versprechen, daß er nach seiner Entlassung aus dem Spital nicht in die Bywater Street gehen würde. Wenn sie einiges Glück hätten, dann würden die anderen ja sowieso denken, er wäre tot. Scarrs Tod bewies natürlich eine Tatsache: Der Mörder war noch immer in England und noch immer bemüht, aufzuräumen. »Wenn ich wieder gesund bin«, hatte Smiley gestern abend gesagt, »dann müssen wir ihn wieder aus seiner Höhle locken. Ein paar Brocken Käse als Köder auslegen.« Mendel war es klar, wer dieser Käse sein würde: Smiley selbst. Natürlich, wenn sie mit dem Motiv recht hatten, dann gäbe es auch noch einen anderen Käse: Fennans Frau. Es spricht tatsächlich nicht sehr für sie, dachte er grimmig, daß sie noch nicht umgebracht worden ist. Er schämte sich über sich selbst und wendete seine Gedanken anderen Dingen zu. Wie zum Beispiel wieder Smiley.

Ein merkwürdiger kleiner Bursche war dieser Smiley. Er erinnerte Mendel an einen dicken Jungen, mit dem er in der Schule Fußball gespielt hatte. Konnte nicht laufen, konnte nicht schießen, war blind wie eine neugeborene Katze, aber er spielte wie der Teufel und war erst zufrieden, wenn er sich in Stücke zerrissen hatte. Auch geboxt hatte er. Ging ohne Deckung mit geschwungenen Armen auf einen los und brachte sich halb um, bis der Schiedsrichter abpfiff. War übrigens auch ein gescheiter Bursche gewesen.

Mendel hielt bei einem Café am Straßenrand, trank eine Tasse Kaffee, aß ein Brötchen und fuhr dann nach Weybridge hinein. Das Repertoire-Theater lag in einer Einbahnstraße, die von der Hauptstraße ausging und in der man nicht parken konnte. Endlich stellte er den Wagen bei der Eisenbahnstation ab und ging in die Stadt zurück.

Der Haupteingang des Theaters war geschlossen. Mendel ging um das Haus herum auf die Seite, wo die aus Backstein gemauerten Arkaden waren. Der grüne Flügel der offenen Tür war eingehängt. Innen waren Riegel angebracht, und es stand mit Kreide »Bühneneingang« daraufgekritzelt. Eine Glocke gab es nicht. Ein schwacher Kaffeegeruch drang aus dem dunkelgrünen Gang hinter der Tür. Mendel ging durch den Eingang und den Korridor entlang, an dessen Ende er eine Steintreppe fand, die ein eisernes Geländer hatte und zu einer weiteren grünen Tür führte. Der Geruch von Kaffee war jetzt stärker, und er hörte Stimmen.

»Ist doch Blödsinn, Darling, ganz offen gesagt. Wenn die Kulturgeier in dem wonniglichen Surrey drei Monate hintereinander Barrie haben wollen, bitte sehr, sollen sie, sag ich. Entweder Barrie oder ›Ein Kuckuck im Nest‹, schon das dritte Jahr, und meiner bescheidenen Ansicht nach macht Barrie das Rennen um eine halbe Kopflänge«, sagte die Stimme einer Frau in mittleren Jahren.

Eine klägliche Männerstimme antwortete: »Also Ludo kann ja immerhin den Peter Pan spielen, nicht wahr, Ludo?«

»Kleines Mistvieh, kleines Mistvieh«, sagte eine dritte Stimme, auch eine männliche, und Mendel machte die Tür auf.

Er stand neben der Bühne in der Kulisse. Neben ihm, zur linken Hand, war eine dicke Ebonitplatte mit ungefähr einem Dutzend Schaltern an einem Holzrahmen befestigt, und davor stand ein absurder Rokokostuhl mit Vergoldung und Stickereien für die Souffleuse und Mädchen für alles.

In der Mitte der Bühne saßen zwei Männer und eine Frau auf Fässern, rauchten und tranken Kaffee. Die Szene stellte das Deck eines Schiffes dar. Ein Mast mit Takelage und Strickleitern nahm die Mitte der Szene ein, und eine Kanone aus Pappe wies trostlos gegen einen Prospekt von Meer und Himmel.

Die Konversation stockte abrupt, als Mendel auf der Bühne erschien. Jemand murmelte: »Um Gottes willen, der steinerne Gast«, und sie sahen ihm alle entgegen und kicherten.

Die Frau sprach zuerst: »Suchen Sie jemanden, lieber Freund?«

»Entschuldigen Sie, daß ich so hereinplatze. Ich komme, weil ich Mitglied Ihres Theaterklubs werden möchte.«

»Ach ja, natürlich. Wie nett«, sagte sie, stand auf und ging ihm entgegen. »Das ist wirklich sehr nett.« Sie nahm seine linke Hand in ihre beiden, drückte sie, trat dann zurück und breitete ihre Arme aus. Es war ihre hausfrauliche Geste – Lady Macbeth empfängt Duncan. Sie neigte den Kopf mädchenhaft zur

Seite, ergriff wieder seine Hand und geleitete ihn über die Bühne in die Kulisse auf der anderen Seite. Eine Tür führte in ein kleines Büro, in dem überall alte Programme und Plakate verstreut lagen, Schminkstifte, Perücken und mit Flitter besetzte Marineuniformen.

»Haben Sie unsere diesjährige Pantomime schon gesehen? ›Die Schatzinsel.‹ Wirklich ein sehr befriedigender Erfolg. Und so viel mehr dran als an diesen vulgären Märchen, finden Sie nicht?«

Mendel sagte: »Ja, nicht wahr.« Er hatte nicht die geringste Ahnung, wovon sie redete. Dann fiel sein Blick auf einen Stoß Rechnungen, die ziemlich nett geordnet von einer großen Klammer, die die Form des Kopfes einer Bulldogge hatte, zusammengehalten wurden. Die oberste war eine für Mrs. Ludo Oriel und vier Monate überfällig.

Sie sah ihn durch ihre Brille gescheit an. Sie war klein und dunkelhaarig, mit Furchen am Hals und viel Make-up. Die Falten unter ihren Augen waren mit Schminke verdeckt worden, aber die Wirkung hatte nicht angehalten. Sie trug weite lange Hosen und einen dicken Pullover, der über und über mit Temperafarben bespritzt war. Sie rauchte unaufhörlich. Ihr Mund war sehr breit, und in der Mitte, genau unter der Nase, hatte sie die Zigarette stecken, wodurch ihre Lippen eine übermäßig konvexe Kurve bildeten, die den unteren Teil ihres Gesichtes verzerrte und ihr einen übellaunigen, ungeduldigen Ausdruck gab. Mendel hatte gedacht, daß sie eventuell schwierig und gewitzt sein würde. Es war eine Erleichterung, festzustellen, daß sie ihre Rechnungen nicht zahlen konnte.

»Sie wollen also dem Klub beitreten, nicht wahr?«

»Nein.«

Sie bekam einen Wutanfall: »Wenn Sie wieder einer von den verfluchten Lieferanten sind, dann können Sie absegeln. Ich habe gesagt, daß ich zahlen werde, und das werde ich auch, nur belästigen Sie mich nicht ununterbrochen. Wenn ihr bei den Leuten ausstreut, daß ich pleite bin, dann werde ich es sein, und ihr werdet die Verlierer sein, nicht ich.«

»Ich bin kein Gläubiger, Mrs. Oriel. Ich bin hergekommen, um Ihnen Geld anzubieten.«

Sie horchte auf.

»Ich arbeite für einen Scheidungsanwalt. Ein reicher Klient. Ich möchte Ihnen ein paar Fragen stellen. Wir sind bereit, für Ihren Zeitverlust zu zahlen.«

»Du lieber Himmel«, sagte sie erleichtert. »Warum haben Sie das nicht gleich gesagt?« Sie lachten beide. Mendel blätterte der Reihe nach fünf Pfundnoten auf den Stoß von Rechnungen.

»Also«, sagte Mendel, »wie sieht die Liste Ihrer Mitglieder aus? Welche Vorteile bietet der Beitritt?«

»Ja also, wir trinken jeden Vormittag genau um elf wässerigen Kaffee auf der Bühne. Die Mitglieder dürfen dabei sein und sich unter das Ensemble mischen, wenn wir von 11.00 bis 11.45 zwischen den Proben eine Pause machen. Was sie konsumieren, bezahlen sie natürlich, aber die Teilnahme ist ausschließlich auf die Mitglieder beschränkt.«

»Aha.«

»Das ist wahrscheinlich das, was Sie interessiert. Es scheinen nur warme Brüder und mannstolle Weiber zu kommen.«

»Kann sein. Was gibt es noch?«

»Alle vierzehn Tage setzen wir ein neues Stück auf den Spielplan. Die Mitglieder können für irgendeinen Tag der Spieldauer Plätze bestellen – zum Beispiel für den zweiten Mittwoch der Spieldauer und so weiter. Wir bringen immer am ersten und dritten Montag jedes Monats ein neues Stück heraus. Die Vorstellung beginnt um halb acht, und wir halten die Klubbestellungen bis sieben Uhr zwanzig reserviert. Das Mädchen an der Kasse hat den Sitzplan und streicht jeden Platz aus, der verkauft wird. Die bestellten Sitze der Klubmitglieder sind rot angehakt und werden erst zum Schluß verkauft.«

»So ist das also. Wenn also eines Ihrer Mitglieder den bestellten Sitz nicht nimmt, dann wird das im Sitzplan angezeichnet.«

»Nur wenn der Platz verkauft wird.«

»Natürlich.«

»Nach der ersten Woche sind wir nicht oft ausverkauft. Wir würden gern jede Woche ein neues Stück spielen, aber das ist nicht leicht ... durchführbar. Für vierzehn Tage *en suite* ist wieder auch nicht das Publikum da, eigentlich.«

»Nein, wohl nicht ganz. Bewahren Sie alte Sitzpläne auf?«

»Manchmal, wegen der Abrechnung.«

»Was ist mit Dienstag, dem 3. Januar?«

Sie öffnete einen Schrank und nahm einen Stapel gedruckter Sitzpläne heraus. »Das ist die dritte Woche unserer Pantomime, natürlich. Tradition.«

»Ja«, sagte Mendel.

»Also, an wem sind Sie denn so interessiert?« fragte Mrs. Oriel und nahm ein dickes Buch vom Schreibtisch.

»Eine kleine Blonde, ungefähr zweiundvierzig oder dreiundvierzig. Der Name ist Fennan, Elsa Fennan.«

Mrs. Oriel öffnete ihr Buch. Mendel sah ihr völlig schamlos über die Schulter. In der linken Kolonne waren die Namen der Klubmitglieder mit netter Schrift verzeichnet. Ein roter Haken links daneben bedeutete, daß das Mitglied seinen Beitrag bezahlt hatte. Auf der rechten Seite waren Anmerkungen über die für das laufende Jahr ständig bestellten Sitze. Es gab ungefähr achtzig Mitglieder.

»Der Name sagt mir nichts. Wo sitzt sie denn?«

»Keine Ahnung.«

»Oja, hier haben wir es schon. Merridale Lane, Walliston. Also wir wollen einmal sehen. Ein Parkettsitz hinten, ganz an der Wand. Komischer Geschmack, finden Sie nicht auch? Sitz Nummer R 2. Aber Gott mag wissen, ob sie am 3. Januar da war. Ich glaube nicht, daß wir den Plan noch haben, obwohl ich in meinem ganzen Leben nichts weggeworfen habe. Die Sachen verflüchtigen sich einfach, nicht wahr?« Sie sah ihn von der Seite her an, offenbar in der Hoffnung, ihre fünf Pfund schon verdient zu haben. »Ich werde Ihnen etwas sagen, wir werden die Jungfrau fragen.« Sie stand auf und ging zur Tür. »Fennan ... Fennan ...?« sagte sie. »Einen Augenblick. Jetzt hab' ich's. Komisch, wieso? Ach ja, verflixt. Ja natürlich. Die Notenmappe.« Sie machte die Tür auf. »Wo ist die Jungfrau?« sagte sie zu jemandem auf der Bühne.

»Keine Ahnung.«

»Nichtsnutziger Dickschädel«, sagte Mrs. Oriel und schloß die Tür wieder. Sie drehte sich Mendel zu. »Die Jungfrau ist die Blüte unserer Hoffnung. Eine englische Rose, die theatertolle Tochter eines Rechtsanwalts, ganz Florstrümpfe und Hasch-mich-wenn-du-kannst. Sie ist uns ein Greuel. Manchmal bekommt sie eine Rolle, weil ihr Vater für den Schauspielunterricht zahlt. Manchmal, wenn ein großer Ansturm ist, weist sie Plätze an, sie und Mrs. Torr, die Reinemachefrau, die sonst die Damentoilette hat. Normalerweise macht Mrs. Torr alles allein, und die Jungfrau treibt sich in den Kulissen herum in der Hoffnung, daß die Hauptdarstellerin tot zusammenbrechen wird.« Sie machte eine Pause.

»Ich bin verdammt sicher, daß ich mich an den Namen Fennan erinnere, verdammt sicher. Wo diese Kuh nur stecken kann?« Sie verschwand einige Minuten und kam mit einem großen, ziemlich hübschen Mädchen mit blondem gekräuseltem Haar und roten Backen zurück, die sicher eine ausgezeichnete Tennisspielerin und Schwimmerin war.

»Das ist Elizabeth Pidgeon. Darling, wir suchen eine Mrs. Fennan, ein Mitglied. Hast du mir nicht irgend etwas von ihr erzählt?«

»Ja natürlich, Ludo.« Sie bildete sich offenbar ein, daß ihre Stimme süß klang. Sie lächelte Mendel geistlos an, legte den Kopf zur Seite und flocht ihre Finger ineinander. Mendel wendete ihr den Kopf zu.

»Kennst du sie?« fragte Mrs. Oriel.

»Ja sicher, Ludo. Sie ist schrecklich musikalisch. Wenigstens glaube ich es, denn sie bringt immer Noten mit. Sie ist schrecklich mager und komisch. Sie ist eine Ausländerin, nicht wahr, Ludo?«

»Warum komisch?«

»Ja, das letztemal, wie sie hier war, hat sie ein gräßliches Theater gemacht wegen des Platzes neben ihr. Er war vom Klub aus reserviert, verstehen Sie, und es war längst zwanzig nach sieben vorbei. Wir hatten gerade mit der Panto-Saison begonnen, und draußen standen Tausende von Leuten, die Plätze wollten, deshalb habe ich ihn verkaufen lassen. Sie sagte ununterbrochen, daß diese Person sicher kommen würde, weil sie immer käme.«

»Und ist sie dann wirklich gekommen?« fragte Mendel.

»Nein. Ich habe den Platz verkaufen lassen. Sie muß fürchterlich schlecht aufgelegt gewesen sein, denn sie ist nach dem zweiten Akt davon und hat vergessen, ihre Notenmappe aus der Garderobe zu holen.«

»Dieser Mensch, von dem sie so sicher war, daß er kommen würde, ist der mit Mrs. Fennan befreundet?«

Ludo sah Mendel vielsagend an.

»Joh, das will ich meinen. Er ist ihr Mann, nicht wahr?«

Mendel sah sie einen Augenblick an, lächelte dann und sagte: »Haben wir nicht einen Stuhl für Elizabeth?«

»Joh, danke«, sagte die Jungfrau und setzte sich auf die Kante eines alten vergoldeten Sessels wie der der Souffleuse in den Kulissen. Sie legte ihre dicken roten Hände auf die Knie und lächelte ununterbrochen, voll Erregung darüber, der Mittelpunkt von so viel Interesse zu sein. Mrs. Oriel sah sie giftig an.

»Weshalb glauben Sie, daß es ihr Mann ist, Elizabeth?« Es war eine leichte Schärfe in seiner Stimme, die früher nicht dagewesen war.

»Ja, ich weiß, daß sie nicht zusammen kommen,

aber ich dachte, weil sie Plätze haben, die nicht bei denen der anderen Klubmitglieder sind, daß sie verheiratet sein müßten. Und übrigens bringt ja auch er immer eine Notenmappe mit.«

»Aha. Können Sie sich noch an irgend etwas an diesem Abend erinnern, Elizabeth?«

»Oh, natürlich. Eine ganze Menge. Verstehen Sie, ich habe Mitleid mit ihr gehabt, weil sie so verärgert weg ist, und später am Abend hat sie dann angerufen. Also Mrs. Fennan, meine ich. Sie sagte ihren Namen und erzählte, daß sie früher weggegangen wäre und ihre Notenmappe vergessen hätte. Obendrein hätte sie noch den Garderobenschein verloren und sei in schrecklicher Aufregung. Es klang so, als weinte sie. Ich hörte eine Stimme im Hintergrund, und dann sagte sie, es würde jemand vorbeikommen und die Tasche abholen, wenn es ohne den Schein ginge. Ich sagte, natürlich, und eine halbe Stunde später ist der Mann gekommen. Der ist allerhand Klasse. Groß und blond.«

»So ist das also«, sagte Mendel. »Ich danke Ihnen sehr, Elizabeth. Sie waren mir eine große Hilfe!«

»Joh, das ist fein.« Sie stand auf.

»Übrigens«, sagte Mendel noch, »dieser Mann, der die Tasche geholt hat – war das nicht derselbe Mann, der im Theater immer neben ihr sitzt?«

»Ja natürlich, joh, tut mir leid, das hätte ich gleich sagen sollen.«

»Haben Sie mit ihm gesprochen?«

»Ach, nur ›bitte sehr, da‹ und so.«

»Was für eine Stimme hatte er?«

»Ausländisch, wie Mrs. Fennan – sie ist doch eine Ausländerin, nicht wahr? Den Eindruck hatte ich wenigstens – ihre Art und das ganze Getue – ausländisches Temperament.«

Sie lächelte Mendel zu, wartete einen Moment und ging dann hinaus wie Alice im Wunderland.

»Kuh«, bemerkte Mrs. Oriel und sah auf die geschlossene Tür. Dann blickte sie Mendel an. »Also, hoffentlich war das Ihre fünf Pfund wert.«

»Ich glaube schon«, meinte Mendel.

11

Ein Klub dritter Klasse

Als Mendel eintrat, saß Smiley voll angezogen in einem Armstuhl. Peter Guillam lümmelte genießerisch auf dem Bett und hielt eine blaßgrüne Mappe lässig in der Hand. Der Himmel draußen war dunkel und drohend.

»Der dritte Mörder betritt die Bühne«, sagte Guillam, als Mendel eintrat. Mendel setzte sich auf das Fußende des Bettes und nickte Smiley, der bleich und deprimiert aussah, fröhlich zu.

»Gratuliere. Erfreulich, Sie wieder auf den Beinen zu sehen.«

»Danke. Ich fürchte nur, wenn Sie mich wirklich auf den Beinen sähen, würden Sie mir nicht gratulieren. Ich bin schwach wie eine neugeborene Katze.«

»Wann läßt man Sie denn raus?«

»Weiß nicht, wann sie mich gehen lassen.«

»Haben Sie denn nicht gefragt?«

»Nein.«

»Das sollten Sie doch lieber tun. Ich habe Neuigkeiten für Sie. Ich weiß nicht, was es bedeutet, aber etwas bedeutet es.«

»Na also«, sagte Guillam, »alle haben Neuigkeiten für alle. Fabelhaft. George hat sich gerade meine Familienbilder angesehen.« Er hob die grüne Mappe. »Und er erkennt alle seine alten Busenfreunde.«

Mendel kam sich verspottet und auf die Seite geschoben vor. Smiley tröstete ihn: »Ich werde Ihnen morgen abend alles beim Dinner erzählen. Ich muß morgen früh hier raus, ganz gleich, was sie sagen. Ich glaube, wir haben den Mörder gefunden und noch eine Menge andere Sachen so nebenbei. Also, was haben Sie zu berichten?« In seinen Augen war kein Triumph. Nur Eifer.

Die Mitgliedschaft in dem Klub, zu dem Smiley gehörte, wurde von den Leuten, die die Spalten von »Wer ist wer?« zieren, nicht gerade zu den erstrebenswertesten Errungenschaften gezählt, eher zu den drittklassigen. Er wurde von einem jungen Renegaten des Junior-Carlton-Klubs namens Steed-Asprey gegründet, den der Sekretär dieses Klubs verwarnt hatte, weil er in Hörweite eines südafrikanischen Bischofs gotteslästerliche Reden führte. Er überredete seine ehemalige Zimmerfrau aus Oxford, ihr ruhiges Heim in Hollywell zu verlassen und am Manchester Square zwei Zimmer und einen Keller zu übernehmen, die ihm ein begüterter Verwandter zur Verfügung gestellt hatte. Seinerzeit hatte der Klub vierzig Mitglieder gehabt, die jeder fünfzig Pfund im Jahr zahlten. Es waren noch einunddreißig am Leben. Es gab keine Damen und keine Regeln, keinen Sekretär und keine Bischöfe. Man konnte Sandwiches nehmen und eine Flasche Bier kaufen, auch Sandwiches nehmen und gar nichts dazu kaufen. Solange man einigermaßen nüchtern war und sich nicht in die Angelegenheiten anderer mischte, kümmerte sich kein Mensch darum, was man anhatte, was man machte oder wen man mitbrachte. Mrs. Sturgeon hantierte nicht mehr an der Bar oder brachte einem das Kotelett auf den Tisch im Keller vor dem Kaminfeuer, sondern regierte in heiterer Behaglichkeit über die Tätigkeit von zwei pensionierten Feldwebeln eines kleinen Grenzregiments.

Natürlicherweise hatten die meisten der Mitglieder zur gleichen Zeit wie Smiley in Oxford studiert. Man hatte darin immer übereingestimmt, daß der Klub nur für eine Generation sein sollte, daß er zusammen mit seinen Mitgliedern alt werden und sterben sollte. Der Krieg hatte mit Jebedee und anderen seinen Tribut verlangt, aber nie hatte jemand angeregt, man solle neue Mitglieder aufnehmen. Im übrigen gehörte das Haus jetzt ihnen, für Mrs. Sturgeons Alter hatte man gesorgt, und der Klub war solvent.

Es war an einem Samstagabend, und nur ein halbes Dutzend Mitglieder waren anwesend. Smiley hatte ihr Essen bestellt, und im Keller war für sie ein Tisch gedeckt. In einem gemauerten Kamin brannte ein helles Kohlenfeuer. Sie waren allein und hatten *Filet de bœuf* und Rotwein. Draußen regnete es ununterbrochen. Alle drei fanden die Welt an diesem Abend ruhig und ganz erträglich, obwohl sie ein merkwürdiges Geschäft zusammengeführt hatte.

»Damit das, was ich Ihnen erzählen will, verständlich sein soll«, begann Smiley endlich, wobei er sich hauptsächlich an Mendel wandte, »muß ich Ihnen zunächst ausführlich von mir erzählen. Ich bin von Beruf Beamter des Geheimen Nachrichtendienstes, wie Sie wissen, schon seit ewigen Zeiten, und bevor noch das Tauziehen um die Macht mit Whitehall begann. Damals hatten wir zuwenig Leute und waren schlecht bezahlt. Nach der üblichen Lehrzeit und der

Bewährungszeit in Südamerika und Mitteleuropa bekam ich eine Stelle als Lektor an einer Universität in Deutschland und sollte begabte junge Deutsche ausfindig machen, die als potentielle Agenten in Frage kamen.« Er hielt inne, lächelte Mendel zu und sagte: »Sie entschuldigen den Fachausdruck.« Mendel nickte feierlich, und Smiley fuhr fort. Es war ihm klar, daß er etwas hochtrabend sprach, und er wußte nicht, wie er dem ausweichen sollte.

»Es war kurz vor dem Zweiten Weltkrieg, damals eine schreckliche Zeit in Deutschland, wo eine wahnsinnige Intoleranz losgebrochen war. Es wäre Irrsinn gewesen, sich persönlich jemandem zu nähern. Meine einzige Chance war, ein so unbeschriebenes Blatt zu sein, wie ich konnte, politisch und gesellschaftlich farblos, und die Kandidaten, die sich für eine Anwerbung eigneten, durch andere weiterleiten zu lassen. Ich versuchte, einige von ihnen für kurze Zeit auf Studentenreisen nach England zu bringen. Ich legte großen Wert darauf, überhaupt keinen Kontakt mit dem Departement zu haben, wenn ich nach Hause kam, denn damals hatten wir überhaupt keine Ahnung von der Schlagkraft der deutschen Gegenspionage. Ich erfuhr nie, an wen man herantrat, und das war natürlich viel besser so. Für den Fall, daß ich hochging, meine ich.

Meine Geschichte beginnt eigentlich im Jahre 1938. Ich war allein in meiner Wohnung. Es war ein warmer und friedlicher Abend nach einem herrlichen Sommertag. Als hätte man vom Faschismus noch nie etwas gehört. Ich arbeitete in Hemdsärmeln an meinem Schreibtisch vor dem Fenster – nicht sehr intensiv, weil es ein so schöner Abend war.«

Er machte eine Pause, aus irgendeinem Grunde aus dem Konzept geraten, und fingerte an seinem Portweinglas herum. Ganz oben auf seinen Wangen erschienen zwei rote Flecken. Er fühlte sich leicht beschwipst, obwohl er sehr wenig getrunken hatte.

»Also, um es zu wiederholen«, sagte er und kam sich idiotisch vor. »Entschuldigen Sie, ich drücke mich wohl etwas unklar aus . . . Also, auf jeden Fall, wie ich so dasaß, klopfte es an die Tür, und ein junger Student kam herein. Er war neunzehn, wie ich später hörte, sah aber jünger aus. Sein Name war Dieter Frey. Er war einer meiner Schüler, ein intelligenter Junge, und er sah bemerkenswert gut aus.« Smiley machte wieder eine Pause und starrte vor sich hin.

Vielleicht war es seine Krankheit, seine Schwäche, daß die Erinnerung ihn so stark überwältigte.

»Dieter war ein hübscher Junge mit einer hohen Stirn und einem nicht zu bändigenden schwarzen Haarschopf. Der untere Teil seines Körpers war krank, ich glaube, durch Kinderlähmung. Er benützte einen Stock und stützte sich schwer darauf, wenn er ging. Naturgemäß gab er an einer so kleinen Universität eine romantische Figur ab, man hielt ihn für eine Art Byron oder so etwas Ähnliches. Ich meinerseits konnte allerdings nie etwas Romantisches an ihm finden. Die Deutschen haben eine Leidenschaft für die Entdeckung junger Genies, wissen Sie, von Herder bis Stefan George, man hat sie praktisch von der Wiege an abgestempelt. Aber Dieter konnte man nicht zur Hoffnung der Nation erklären. In ihm war ein wilder Unabhängigkeitsdrang, eine Rücksichtslosigkeit, die so stark war, daß sie auch den überzeugtesten Förderer abgeschreckt hätte. Diese ablehnende Verteidigungsbereitschaft an Dieter kam nicht nur von seinem Leiden, sondern auch von seiner Abstammung. Er war nämlich Jude. Wie in aller Welt er es fertigbrachte, sich an der Universität zu behaupten, habe ich nie verstanden. Möglicherweise wußten sie nicht, daß er Jude war. Seine Schönheit konnte vielleicht ebensogut aus dem Süden stammen, nehme ich an, aus Italien etwa. Aber ich verstehe es eigentlich nicht ganz, denn für mich war er ganz offensichtlich ein Jude.

Dieter war ein Sozialist. Er machte kein Geheimnis aus dieser seiner Einstellung, nicht einmal in jenen Tagen. Ich überlegte eine Zeitlang, ob ich ihn nicht zur Anwerbung in Betracht ziehen sollte, aber es kam mir sinnlos vor. Er zu flatterhaft, reagierte zu rasch, war zu stark gefärbt und zu eitel. In allen Vereinen – Diskussionsklubs, politischen und literarischen Vereinen und so weiter – gab er den Ton an. In allen Sportvereinen hatte er Ehrenstellungen. Er brachte es fertig, an einer Universität nicht zu trinken, an der man seine Männlichkeit dadurch bewies, daß man die ersten beiden Semester fast ununterbrochen betrunken war.

Das war also Dieter: ein großer, hübscher, intelligenter Krüppel, das Idol seiner Generation – ein Jude. Und das war der Mann, der mich an jenem Sommerabend besuchte.

Ich bat ihn, Platz zu nehmen, und bot ihm etwas zum Trinken an. Das letztere lehnte er ab, deshalb machte ich Kaffee, auf so einem Gaskocher, glaube ich. Wir sprachen flüchtig über meine letzte Vorlesung über Keats. Ich hatte mich darüber beklagt, daß deutsche kritische Methoden auf die englische Literatur angewendet würden, und das hatte zu einer heftigen Diskussion geführt – wie üblich – über die Nazi-Interpretation der »entarteten Kunst«. Dieter brachte das Ganze wieder aufs Tableau, erklärte immer unverblümter, daß er das moderne Deutschland ablehne, und ging auch schließlich auf den Nazismus selbst los. Natürlich war ich auf der Hut – ich glaube, damals war ich nicht so ein Narr wie heute. Schließlich fragte er mich geradeheraus, was ich von den Nazis halte. Ich erklärte ziemlich deutlich, daß ich nicht geneigt sei, meine Gastgeber zu kritisieren, und daß ich überhaupt der Ansicht sei, Politik wäre keine besondere Freude. Seine Antwort werde ich nie vergessen. Er war außer sich, erhob sich mühsam und schrie mir zu: ›Von Freude ist nicht die Rede!‹« Smiley brach ab und sah über den Tisch hinüber Guillam an: »Tut mir leid, Peter, ich bin wohl ziemlich langatmig.«

»Aber Unsinn, alter Junge. Du erzählst die Geschichte auf deine eigene Weise, und damit basta.« Mendel brummte zustimmend. Er saß ziemlich steif da und hatte beide Hände vor sich auf den Tisch gelegt. Außer der hellen Glut des Feuers war jetzt kein Licht im Zimmer, und die Flammen warfen riesige Schatten auf die grob verputzte Wand hinter ihnen. Die Karaffe mit dem Portwein war zu zwei Dritteln geleert.

Smiley schenkte sich ein und fuhr fort: »Er ging wütend auf mich los. Er konnte nicht verstehen, wie ich einerseits einen unabhängigen Maßstab an die Kunstkritik legen und andererseits der Politik gegenüber gleichgültig sein konnte, wie ich über die Freiheit der Kunst daherreden konnte, wenn ein Drittel Europas in Ketten lag. Bedeutete es mir nichts, daß die Kultur der Gegenwart verblutete? Was war so geheiligt am neunzehnten Jahrhundert, daß ich das zwanzigste wegwerfen konnte? Er sei zu mir gekommen, weil ihm mein Seminar gefalle und er mich für einen aufgeklärten Menschen gehalten habe, aber jetzt sei ihm klar geworden, daß ich ärger sei als alle anderen.

Ich ließ ihn sich austoben. Was sonst hätte ich tun können? Er war ja auf jeden Fall schon von Haus aus verdächtig. Ein rebellischer Jude mit einem Platz an der Universität und rätselhafterweise noch immer auf freiem Fuß. Aber ich beobachtete ihn. Das Semester war schon fast zu Ende, und die großen Ferien standen vor der Tür. Bei der Semesterschluß-Diskussion, drei Tage später, war er fürchterlich offenherzig. Er jagte den anderen direkt eine panische Angst ein, so daß sie schwiegen und sich dachten, das könne nicht gut ausgehen. Nach Semesterschluß verschwand Dieter, ohne mir Lebewohl zu sagen. Ich dachte nicht, daß ich ihn jemals wiedersehen würde.

Es dauerte ungefähr sechs Monate, bevor er mir wieder begegnete. Ich hatte Freunde besucht, in der Nähe von Dresden, wo Dieter zu Hause war, und kam eine halbe Stunde zu früh auf den Bahnhof. Statt auf dem Bahnsteig herumzustehen, beschloß ich, einen kleinen Bogen zu schlagen. Ein paar hundert Meter vom Bahnhof entfernt stand ein großes, ziemlich häßliches altes Haus. Vorne war ein kleiner Vorhof mit hohen Eisengittern und einem schmiedeeisernen Tor. Man hatte es offenbar als behelfsmäßiges Gefängnis hergerichtet. Eine Gruppe von geschorenen Gefangenen, Männern und Frauen, wurde in dem Hof im Kreis zu ihrem Spaziergang herumgetrieben. In der Mitte des Kreises standen zwei Wächter mit Maschinenpistolen. Eine bekannte Gestalt, größer als die anderen, die hinkte und Mühe hatte, mit ihnen mitzukommen, fiel mir ins Auge. Es war Dieter. Sie hatten ihm den Stock weggenommen.

Als ich später darüber nachdachte, wurde mir klar, daß die Gestapo den populärsten Studenten der Universität natürlich nicht verhaftet hatte, solange das Semester lief. Ich ließ meinen Zug Zug sein, ging in die Stadt zurück und suchte seine Eltern im Telefonbuch. Ich wußte, daß sein Vater Arzt war, das war also nicht schwer. Ich suchte die Adresse auf, fand aber nur seine Mutter vor. Sein Vater war bereits im Konzentrationslager zugrunde gegangen. Sie lehnte es ab, über Dieter zu sprechen, aber es schien, als ob er nicht in ein Gefängnis für Juden, sondern in ein gewöhnliches gekommen wäre, und offenbar nur für eine gewisse ›Korrektionszeit‹. Sie glaubte, daß er in etwa drei Monaten wiederkommen würde. Ich trug ihr auf, ihm zu sagen, daß ich noch ein paar Bücher von ihm hätte, die ich zurückgeben würde, wenn er mich besuchen wolle.

Ich fürchte, daß mich die Ereignisse des Jahres 1939 sehr in Anspruch nahmen, so daß ich nicht glaube, Dieter in diesem Jahr noch einen weiteren Gedanken geschenkt zu haben. Bald nachdem ich von Dresden zurückgekommen war, beorderte mich das Department nach England zurück. Ich packte und reiste innerhalb von achtundvierzig Stunden ab. In London war die Hölle los. Man gab mir einen neuen Auftrag, der genaue Vorbereitung, intensives

Studium und Training erforderte. Ich sollte sofort nach Europa zurückgehen, um fast nicht erprobte Agenten in Deutschland zu aktivieren, die man für so einen Notfall angeworben hatte. Ich begann, die vielen komischen Namen und Adressen auswendig zu lernen. Meine Reaktion, als ich Dieter unter ihnen fand, können Sie sich wohl vorstellen.

Als ich sein Dossier las, entdeckte ich, daß er sich mehr oder weniger selbst gestellt hatte, indem er im Konsulat in Dresden erschien und Aufklärung darüber verlangte, warum niemand gegen die Verfolgung der Juden in Deutschland auch nur einen Finger rührte.« Smiley machte eine Pause und lachte in sich hinein. »Dieter hatte eine große Begabung dafür, Leute in Aktion zu setzen.« Er warf Mendel und Guillam einen Blick zu. Beide sahen ihn aufmerksam an.

»Ich glaube, daß meine erste Reaktion Ärger war. Der Junge war gerade vor meiner Nase herumspaziert, und ich hatte ihn nicht für geeignet gehalten. Was für einen Blödsinn hatte da irgend so ein Esel in Dresden gemacht? Und dann war ich erschrocken, so einen Hitzkopf unter meinen Leuten zu haben, dessen impulsives Temperament mein Leben und das anderer kosten konnte. Trotz der leichten Veränderungen meines Äußeren und des neuen Decknamens, unter dem ich arbeitete, würde ich mich Dieter gegenüber einfach nur als George Smiley von der Universität zu erkennen geben müssen, und er konnte mich haushoch auffliegen lassen. Es schien mir ein unglücklicher Anfang zu sein, und ich war schon halb entschlossen, mein Netz ohne Dieter aufzubauen. Ich irrte mich aber. Er war ein großartiger Agent.

Er unterdrückte seine Hitzköpfigkeit nicht, sondern verwendete sie in sehr geschickter Weise zu einem doppelten Bluff. Wegen seiner Invalidität kam er für den Dienst mit der Waffe nicht in Betracht und fand einen Büroposten bei der Bahn. In kürzester Zeit hatte er sich in eine wirklich verantwortliche Stellung hinaufgearbeitet, und die Menge von Informationen, die er lieferte, war einfach phantastisch. Einzelheiten über Truppenverschiebungen und Munitionstransporte, ihr Ziel und das Datum, wann sie durchkamen. Später berichtete er über den Erfolg unserer Bombenangriffe und bezeichnete kriegswichtige Ziele. Er war ein brillanter Organisator, und das, glaube ich, hat ihn gerettet. Er hat bei der Eisenbahn eine erstklassige Arbeit geleistet, machte sich unentbehrlich und schuftete Tag und Nacht. Er wurde fast unangreifbar. Sie haben ihm sogar eine Zivilauszeichnung für besondere Verdienste gegeben, und ich glaube, daß die Gestapo sein Dossier einfach absichtlich verschwinden ließ.

Dieters Theorie stützte sich ganz auf Faustsche Gedanken: Denken allein ist wertlos. Man muß handeln, damit das Denken wirksam wird. Er sagte immer, daß der größte Fehler, den der Mensch je gemacht hätte, der sei, daß er zwischen Geist und Körper unterschied. Eine Ordnung, die nicht beachtet wird, existiert nicht. Er zitierte gerne Kleist: ›Wenn alle Augen aus grünem Glas wären und alles, was weiß zu sein scheint, in Wirklichkeit grün wäre, dann wäre man so klug wie vorher‹, oder so ähnlich.

Wie gesagt, Dieter war ein hervorragender Agent. Er brachte es sogar fertig, daß gewisse Frachten in Nächten mit guten Flugbedingungen auf den Weg gebracht wurden, so daß unsere Bomber ein leichtes Spiel hatten. Er hatte eine Menge eigener Tricks – war ein Genie für das Drum und Dran der Spionage. Es war absurd, anzunehmen, daß das von Dauer sein konnte, aber die Erfolge unserer Bombardierungen waren häufig so groß und weit verstreut, daß es kindisch gewesen wäre, sie auf den Verrat einer einzigen Person zurückzuführen – ganz zu schweigen von einer Person, die so offensichtlich im Scheinwerferlicht stand wie Dieter.

Wo er seine Hand im Spiel hatte, war meine Arbeit leicht. Er reiste auch eine Menge, hatte einen besonderen Paß, mit dem er das konnte. Die Weiterleitung der Nachrichten war ein Kinderspiel, verglichen mit der Situation bei anderen Agenten. Gelegentlich trafen wir uns sogar persönlich und redeten miteinander in irgendeinem Café. Manchmal nahm er mich in einem Wagen des Ministeriums mit, und wir fuhren hundert oder hundertfünfzig Kilometer auf einer Autobahn, als hätte er mich aus Gefälligkeit mitgenommen. Aber häufiger pflegte er die Reise mit meinem Zug zu machen, mit mir auf dem Gang die Aktenmappen auszutauschen oder mit Paketen ins Theater zu kommen und mir den Garderobenzettel zu geben. Er gab mir selten wirkliche Berichte, sondern Durchschläge von Transportaufträgen. Eine Menge machte seine Sekretärin. Er ließ sie eine besondere Sammlung von Durchschlägen anlegen, die er dann alle drei Monate auf die Weise ›vernichtete‹, daß er sie in der Mittagspause in seine Aktentasche steckte.

Also, im Jahre 1943 wurde ich dann zurückbeordert. Die Tarnung mit den Geschäftsreisen war ziemlich fadenscheinig geworden, glaube ich, und ich hatte doch schon einiges abbekommen.« Er machte eine Pause und nahm sich aus Guillams Etui eine Zigarette.

»Aber wir wollen Dieter nicht aus den Augen verlieren«, fuhr er fort. »Er war mein bester Agent, aber nicht mein einziger. Die anderen machten mir viel Kopfzerbrechen. Mit ihm zu arbeiten war im Vergleich dazu ein reines Vergnügen. Als der Krieg aus war, versuchte ich, von meinem Nachfolger zu erfahren, was aus Dieter und den anderen geworden war. Einige waren nach Australien und Kanada ausgewandert, andere wieder gingen zurück zu dem, was von ihren Heimatstädten übriggeblieben war. Dieter zögerte, vermute ich. In Dresden waren ja die Russen, und er wird wohl seine Zweifel gehabt haben. Schließlich fuhr er doch hin – eigentlich mußte er, wegen seiner Mutter. Die Amerikaner haßte er sowieso. Und dann war er ja Sozialist.

Später hörte ich, daß er dort eine Karriere gemacht hat. Die administrative Erfahrung, die er sich während des Krieges erworben hatte, verschaffte ihm irgendein Amt bei der Regierung der neuen Republik. Ich vermute, daß ihm sein Ruf als Revolutionär und die Leiden seiner Familie den Weg geebnet haben. Er muß eine ganz schöne Stellung erreicht haben.«

»Wieso?« fragte Mendel.

»Er war bis vor einem Monat hier in England und hat die Stahl-Mission geleitet.«

»Das ist noch nicht alles«, unterbrach ihn Guillam. »Falls Sie glauben sollten, Ihr Kelch sei voll: Ich habe Ihnen einen zweiten Besuch in Weybridge erspart,

Mendel, und heute morgen Elizabeth Pidgeon besucht. Es war Georges Idee.« Er drehte sich Smiley zu: »Sie ist so eine Art von Moby Dick – etwas wie ein weißer männer-fressender Wal.«

»Und was war?« fragte Mendel.

»Ich habe ihr ein Bild von diesem jungen Diplomaten gezeigt, Mundt heißt er, den sie dort im Schlepptau hatten und der die Brocken auflesen sollte. Elizabeth erkannte ihn auf den ersten Blick als den netten jungen Mann, der die Notenmappe geholt hatte. Ist das nicht lustig?«

»Aber ...«

»Ich weiß schon, was Sie fragen wollen, Sie kluger Knabe. Sie wollen fragen, ob auch George ihn erkannt hat. Ja, das hat er. Es ist derselbe Bursche, der neulich versucht hat, ihn in sein eigenes Haus zu locken. Kommt offenbar ziemlich viel herum.«

Mendel fuhr nach Mitcham. Smiley war todmüde. Es regnete wieder und war kalt. Smiley hüllte sich fest in seinen Wintermantel, und trotz seiner Erschöpfung sah er mit Vergnügen auf das geschäftige Treiben des Londoner Nachtlebens hinaus. Er war immer gerne gereist. Auch jetzt noch würde er, wenn er Gelegenheit hätte, Frankreich lieber mit dem Zug durchqueren als fliegen. Er reagierte noch immer auf die geheimnisvollen Geräusche einer Nachtreise durch Europa, auf die merkwürdige Melodie von Mißtönen und die französisch sprechenden Stimmen, die einen plötzlich aus englischen Träumen rissen. Ann hatte es auch gern gehabt und war zweimal mit ihm überland gefahren, um die zweifelhaften Freuden einer solchen unbequemen Reise mit ihm zu teilen.

Als sie nach Hause kamen, ging Smiley sofort ins Bett, während Mendel Tee machte, den sie dann in Smileys Schlafzimmer tranken.

»Was tun wir jetzt?« fragte Mendel.

»Ich glaube, ich sollte morgen vielleicht nach Walliston hinaussehen.«

»Sie sollten lieber einen Tag im Bett bleiben. Was wollen Sie denn dort?«

»Elsa Fennan besuchen.«

»Allein sind Sie auf keinen Fall sicher. Sie sollten mich lieber mitnehmen. Ich werde im Wagen sitzen, während Sie mit ihr reden. Sie ist eine Jüdin, nicht wahr?«

Smiley nickte.

»Mein Daddy war auch Jude. Aber ohne so viel verdammtes Getue.«

12

Ein Traum ist zu verkaufen

Sie öffnete die Tür und sah ihn einen Augenblick schweigend an.

»Sie hätten mich verständigen sollen, daß Sie kommen werden«, sagte sie.

»Ich habe es für sicherer gehalten, das nicht zu tun.«

Wieder war sie einen Moment still. Endlich sagte sie: »Ich weiß nicht, was Sie damit sagen wollen.« Es schien sie eine ziemliche Anstrengung zu kosten.

»Darf ich hineinkommen?« sagte Smiley. »Wir haben nicht viel Zeit.« Sie sah alt und müde aus oder vielleicht, besser gesagt, weniger elastisch. Sie führte ihn in den Salon und deutete resigniert auf einen Stuhl.

Smiley bot ihr eine Zigarette an und nahm selber eine. Sie stand am Fenster. Als er sie ansah und ihren schnellen Atem und die fiebrigen Augen beobachtete, wurde ihm klar, daß sie die Kraft zur Selbstverteidigung fast verloren hatte.

Als er sprach, war seine Stimme gütig und unaufdringlich. Elsa Fennan mußte sie wie eine Stimme vorkommen, nach der sie sich gesehnt hatte. Eine unwiderstehliche Stimme, die Kraft, Trost, Mitgefühl und Sicherheit verhieß. Langsam bewegte sie sich vom Fenster weg, und ihre rechte Hand, die sie zuerst auf das Fensterbrett gestützt hatte, rutschte, ohne daß sie es gewahr wurde, herunter und fiel schließlich wie in einer Geste der Ergebung an ihre Seite. Sie nahm ihm gegenüber Platz, und ihre Augen hingen in völliger Hingabe an ihm, wie die Augen einer Liebenden.

»Sie müssen schrecklich einsam gewesen sein«, sagte er. »Niemand kann es auf die Dauer alleine aushalten. Mut müssen wir auch haben, und es ist so unendlich schwer, allein mutig zu sein. Das verstehen die Leute nie, nicht wahr? Sie verstehen nie, was sie einen kosten, die gemeinen lügnerischen und betrügerischen Kniffe, die Isolation von anständigen Menschen. Sie glauben, man kann dauernd mit ihrem Treibstoff fahren – mit wehender Fahne und Musik. Aber wenn man allein ist, braucht man einen anderen Treibstoff, nicht wahr? Man wird gezwungen zu hassen, aber es braucht viel Kraft, ununterbrochen zu hassen. Und was man lieben muß, ist so weit weg, so verschwommen, wenn man nicht daran teilhat.« Er machte eine Pause. Gleich, dachte er, gleich wirst du Resonanz finden. Er betete inbrünstig, daß sie auf ihn eingehen, seinen Trost akzeptieren sollte. Gleich würde sie zusammenbrechen.

»Ich habe gesagt, daß uns nicht viel Zeit zur Verfügung steht. Ist Ihnen klar, was ich meine?«

Sie hatte die Hände im Schoß gefaltet und sah auf sie herunter. Er sah die dunklen Haarwurzeln ihres hellen Haares und konnte nicht verstehen, warum sie es färbte. Kein Zeichen von ihr verriet, daß sie seine Frage gehört hatte.

»Als ich Sie damals an dem Morgen vor einem Monat verließ, fuhr ich nach London nach Hause. Ein Mann versuchte, mich umzubringen. Am Abend desselben Tages gelang es ihm um ein Haar – er hat mich drei- oder viermal auf den Kopf geschlagen. Ich bin gerade aus dem Spital entlassen worden. Ich habe Glück gehabt. Dann ist da der Garagenbesitzer, von dem er den Wagen gemietet hatte. Vor nicht allzulanger Zeit hat die Wasserschutzpolizei seine Leiche aus der Themse gefischt. Zeichen von Gewalt hat man nicht gefunden, er war nur voll Whisky. Man versteht es nicht, denn seit Jahren war er nie in die Nähe des Flusses gekommen. Aber wir haben es eben mit einem fachkundigen Mann zu tun, nicht wahr. Mit einem erfahrenen Mörder. Es sieht so aus, als wolle er jeden beiseite schaffen, der ihn in Verbindung mit Samuel Fennan bringen kann. Oder seiner Frau, natürlich. Da ist dann weiter dieses blonde Mädchen aus dem Theater ...«

»Was sagen Sie da?« flüsterte sie. »Was wollen Sie mir da einreden?«

Smiley fühlte plötzlich den Wunsch, ihr weh zu tun, um ihren letzten Willen zu brechen, sie als Gegner völlig auszuschalten. Denn schon allzulange hatte sie ihn, als er hilflos im Bett lag, wie ein Gespenst verfolgt, war ein Rätsel und eine Drohung gewesen.

»Was für ein Spiel haben Sie eigentlich gespielt, Sie beide? Haben Sie gedacht, daß Sie mit so einer Macht, wie die sie haben, flirten können, ein bißchen, aber nicht alles geben können? Bilden Sie sich etwa ein, daß *Sie* den Tanz beenden können – oder denen vielleicht so viel Macht einräumen, wie Ihnen selbst paßt? Was für Hirngespinsten haben Sie eigentlich nachgejagt, Mrs. Fennan, Träumen, denen Hand und Fuß gefehlt haben?«

Sie verbarg ihr Gesicht in beiden Händen, und er sah, wie ihr die Tränen zwischen den Fingern herunterliefen. Sie schluchzte stoßweise, während ihr Körper konvulsivisch zuckte, und ihre Worte kamen langsam und gepreßt.

»Nein, keine Träume. Ich hatte keinen Traum außer ihm. Ja er, er hatte einen Traum . . . einen einzigen großen Traum.« Sie weinte wieder hilflos, und Smiley wartete halb triumphierend, halb beschämt darauf, daß sie weitersprechen würde. Plötzlich hob sie ihren Kopf und sah ihn an, während die Tränen ihr noch immer über die Wangen liefen. »Sehen Sie mich an«, sagte sie. »Was für einen Traum hat man mir gelassen? Ich habe von langem goldenem Haar geträumt – und man hat mir den Kopf geschoren, ich träumte von einem schönen Körper – und man hat ihn durch Hunger verunstaltet. Ich habe erlebt, was menschliche Wesen wirklich sind, wie konnte ich da an eine Formel für menschliche Wesen glauben. Ich habe es ihm gesagt, tausendmal habe ich ihm gesagt: ›Mach nur keine Gesetze, keine ausgeklügelten Theorien, keine Werturteile, und die Menschen werden vielleicht lieben, aber gib ihnen eine einzige Theorie, ein einziges Schlagwort, und das alte Spiel beginnt von neuem.‹ Das habe ich ihm gesagt. Wir haben oft nächtelang miteinander geredet. Aber nein, der kleine Junge mußte einen Traum haben, und wenn eine neue Welt aufgebaut werden sollte, dann mußte es Samuel Fennan sein, der sie baute. Ich sagte zu ihm: ›Hör mir doch zu‹, habe ich gesagt, ›sie haben dir alles gegeben, was du hast, ein Haus, Geld und Vertrauen. Warum willst du ihnen das antun?‹ Und er hat mir gesagt: ›Ich tue es eben gerade *für* sie.

Ich bin der Arzt, und eines Tages werden sie verstehen.‹ Er war ein Kind, Mr. Smiley, sie haben ihn wie ein Kind geführt.«

Er wagte es nicht, zu sprechen.

»Vor fünf Jahren hat er diesen Dieter kennengelernt. In einer Skihütte in der Nähe von Garmisch. Freitag sagte uns später, daß Dieter alles ganz genauso geplant hatte – Dieter konnte ja wegen seines Beins gar nicht skilaufen. Damals schien überhaupt nichts wirklich zu sein. Freitag war kein wirklicher Name. Fennan hat ihn Freitag getauft, so wie in Robinson Crusoe der befreite Gefangene Freitag hieß. Dieter fand das so komisch, und später redeten wir nie von Dieter, sondern immer von Robinson und Freitag.« Sie hörte auf zu reden und sah ihn mit einem sehr schwachen Lächeln an. »Es tut mir leid«, sagte sie, »aber ich fürchte, daß ich nicht sehr zusammenhängend erzähle.«

»Ich verstehe es schon«, sagte Smiley.

»Dieses Mädchen – was haben Sie über dieses Mädchen gesagt?«

»Sie lebt, machen Sie sich keine Sorgen. Erzählen Sie ruhig weiter.«

»Fennan hat Sie gern gemocht, verstehen Sie. Freitag hat versucht, Sie umzubringen . . . warum?«

»Weil ich zurückgekommen bin, nehme ich an, und Sie wegen des Anrufes um halb neun ausgefragt habe. Davon haben Sie Freitag doch erzählt, nicht wahr?«

»O Gott«, sagte sie und preßte die Finger an den Mund.

»Sie haben ihn doch wahrscheinlich sofort, als ich weg war, angerufen.«

»Ja, ich bekam Angst. Ich wollte ihn warnen, damit er fortgeht, ihn und Dieter, und nie mehr zurückkommt, denn ich wußte, daß Sie schließlich auf alles kommen würden. Wenn nicht heute, dann später, aber ich war sicher, daß Sie am Ende alles aufdecken würden. Warum konnten sie mich nie in Ruhe lassen? Sie haben Angst vor mir gehabt, denn sie haben gewußt, daß ich keine Träume habe, daß ich nur Samuel wollte, nur wollte, daß er in Sicherheit ist, daß ich nur ihn lieben und nur für ihn sorgen wollte.«

In Smileys Kopf pochte und tobte es. »Also, Sie haben ihn gleich angerufen«, sagte er. »Sie haben zuerst die Primrose-Nummer probiert und sind nicht durchgekommen.«

»Ja«, sagte sie leise, »aber es sind beide Primrose-Nummern.«

»Dann haben Sie also die andere Nummer, die zweite Möglichkeit, angerufen . . .«

Plötzlich erschöpft und schwach, wankte sie zum Fenster zurück. Sie kam ihm jetzt weniger unglücklich vor – nach dem Sturm war sie nachdenklich und irgendwie zufrieden.

»Ja, Alternativen waren Freitags starke Seite.«

»Was war das für eine Nummer, die andere?« bohrte Smiley. Er beobachtete sie gespannt, wie sie zum Fenster in den dunklen Garten hinausstarrte.

»Wozu wollen Sie das wissen?«

Er stand auf, trat neben sie ans Fenster und betrachtete ihr Profil. Seine Stimme war mit einemmal barsch und energisch.

»Ich habe gesagt, daß dem Mädel nichts passiert ist. Auch Sie und ich sind noch am Leben. Aber bilden Sie sich nicht ein, daß es dabei bleiben wird.«

Sie drehte sich mit Angst in den Augen zu ihm um, blickte ihn einen Moment an und nickte dann. Smiley nahm sie am Arm und führte sie zu ihrem Stuhl zurück. Er sollte ihr etwas Heißes zum Trinken machen oder irgend etwas anderes. Sie nahm mechanisch Platz, gleichgültig und unbeteiligt, als wäre sie geistesgestört.

»Die andere Nummer war 9747.«

»Und die Adresse – hatten Sie eine Adresse?«

»Nein, Adresse keine. Nur die Telefonnummer und Kniffe beim Telefonieren. Keine Adresse«, wiederholte sie mit unnatürlicher Betonung, so daß Smiley sie mißtrauisch ansah. Plötzlich kam ihm die Erinnerung an Dieters Geschicklichkeit bei der Schaffung von Verständigungsmöglichkeiten.

»Freitag hat Sie an dem Abend, an dem Fennan gestorben ist, nicht getroffen. Das stimmt doch. Er ist im Theater nicht erschienen.«

»Nein.«

»Das war das erste Mal, daß er nicht gekommen ist, nicht wahr? Sie haben eine panische Angst bekommen und sind früher weg.«

»Nein . . . ja ja, ich hatte eine panische Angst.«

»Nein, eben nicht! Sie sind früher weg, weil Sie mußten. So war es nämlich besprochen. Warum mußten Sie früher gehen? Aus welchem Grunde?«

Sie verbarg ihr Gesicht in den Händen.

»Kommen Sie zu sich!« schrie Smiley. »Glauben Sie noch immer, die Situation im Griff zu haben, die Sie geschaffen haben? Freitag wird Sie ermorden, das Mädchen ermorden, morden, morden, morden. Wen wollen Sie schützen, das Mädchen oder einen Mörder?«

Sie weinte und gab keine Antwort. Smiley neigte sich über sie. Er schrie noch immer.

»Ich werde Ihnen gleich sagen, warum Sie früher weggegangen sind. Ich will Ihnen verraten, was ich mir denke. Deshalb, weil Sie noch die letzte Post in Weybridge erwischen wollten. Er war nicht gekommen, Sie hatten die Garderobenzettel nicht austauschen können, nicht wahr, deshalb sind Sie den Instruktionen gefolgt und haben ihm Ihren Schein mit der Post geschickt. Sie haben eben doch eine Adresse, nicht aufgeschrieben, aber auswendig gelernt, und zwar auf ewige Zeiten auswendig gelernt: ›Wenn irgend etwas schiefgeht, wenn ich nicht komme, dann ist das die Adresse.‹ Hat er das nicht gesagt? Eine Adresse, von der man nie sprechen durfte, die normalerweise nie benützt werden sollte, eine Adresse, die man vergessen sollte und doch eisern im Gedächtnis behalten. Stimmt das? Reden Sie!«

Sie erhob sich, wendete ihren Blick von ihm, ging zum Schreibtisch und nahm ein Stück Papier und einen Bleistift. Sie weinte heftig. Quälend langsam schrieb sie die Adresse. Ihre Hand stockte und hielt zwischen den einzelnen Worten fast still.

Er nahm ihr den Zettel aus der Hand, faltete ihn in der Mitte zusammen und legte ihn in seine Brieftasche.

Jetzt konnte er ihr Tee machen.

Sie sah aus wie ein Kind, das man aus der See gerettet hatte. Sie saß auf der Kante des Sofas, hielt die Teetasse fest zwischen ihren zarten Händen und drückte sie gegen ihren Körper. Ihre mageren Schultern waren nach vorne gesunken, die Beine und Fußknöchel hatte sie fest zusammengepreßt. Smiley sah sie an und verstand, daß er etwas in ihr zerbrochen hatte, das er nie hätte berühren dürfen, weil es so zerbrechlich war. Er kam sich wie ein gemeiner, grober Klotz vor, und daß er ihr Tee gemacht hatte, schien ihm nur ein nichtiger, vergeblicher Versuch zu sein, seine täppische Roheit wiedergutzumachen.

Er wußte nicht, was er ihr sagen sollte. Nach einer Weile meinte sie: »Er hat Sie gemocht. Wirklich, er konnte Sie gut leiden ... er hat gesagt, Sie sind ein gescheiter kleiner Mann. Es war ziemlich selten, daß Samuel jemanden gescheit nannte.« Sie schüttelte langsam den Kopf. Vielleicht war es die Erinnerung, daß sie lächelte: »Er hat immer gesagt, es gibt zweierlei Kräfte in der Welt, die positiven und die negativen. ›Was soll ich also tun‹, hat er mich immer gefragt, ›zusehen, wie sie ihre eigene Ernte vernichten, nur deshalb, weil sie mir Brot geben? Produktivität, Fortschritt, Macht und die ganze Zukunft der Menschheit warten an ihrer Tür. Soll ich sie nicht hereinlassen?‹ Und ich habe ihm gesagt: ›Aber, Samuel, vielleicht sind die Leute ganz glücklich ohne das alles.‹ Aber, verstehen Sie, er hat nicht so gedacht über die Menschen.

Aber ich konnte ihn nicht stoppen. Wissen Sie, was das Merkwürdigste an Fennan war? Trotz allem Nachdenken und Reden war er schon vor langer Zeit zu dem Entschluß gekommen, was er tun würde. Alles übrige war Poesie. Er war nicht eingeordnet, das habe ich ihm immer gesagt ...«

»... und doch haben Sie ihm geholfen«, sagte Smiley.

»Ja, ich habe ihm geholfen. Er hat Hilfe gebraucht, und ich habe ihm geholfen. Er war mein Leben.«

»Ja.«

»Das war ein Fehler. Er war wie ein kleiner Junge, verstehen Sie? Wie ein Kind hat er immer alles vergessen. Und so unrealistisch. Er hatte den Entschluß gefaßt, es zu tun, und er hat es so schlecht getan. Er hat nicht so darüber gedacht wie Sie oder ich. So hat er einfach nicht denken können. Es war seine Aufgabe, und das war alles.

Es hat so simpel begonnen. Eines Abends hat er den Durchschlag eines Telegramms mit nach Hause gebracht und mir gezeigt. Er sagte: ›Ich glaube, das sollte man Dieter zeigen‹ – das war das Ganze. Zuerst konnte ich es nicht glauben – ich meine, daß er ein Spion war. Denn das war er doch, nicht? Langsam ging mir ein Licht auf. Sie fingen an, bestimmte Sachen zu verlangen. Die Notenmappe, die ich von Freitag bekam, begann Aufträge zu enthalten, und manchmal Geld. Ich habe zu ihm gesagt: ›Schau, was sie dir da schicken – ist dir das wirklich recht?‹ Wir wußten nicht, was wir mit dem Geld machen sollten. Wir haben es dann hauptsächlich verschenkt, ich weiß nicht, warum. Dieter war damals im Winter sehr bös, wie ich es ihm erzählt habe.«

»In welchem Winter war das?« erkundigte sich Smiley.

»Im zweiten Winter, den wir mit Dieter verbracht haben – 1956 in Mürren. Das erste Mal haben wir ihn 1955 im Januar getroffen. Damals hat das alles angefangen. Und ich will Ihnen etwas sagen: Ungarn hat Samuel nichts ausgemacht, nicht das geringste. Dieter hatte damals Angst seinetwegen, verstehen Sie, das hat mir Freitag erzählt. Als Fennan mir damals im November die Sachen gab, die ich nach Weybridge bringen sollte, bin ich wütend geworden. Ich habe ihn angeschrien: ›Siehst du nicht, daß es dasselbe ist? Dieselben Kanonen, dieselben Kinder, die in den Straßen sterben? Nur der Traum ist ein anderer, das Blut hat noch immer dieselbe Farbe. Ist es vielleicht das, was du willst?‹ habe ich ihn gefragt. ›Willst du das auch für die Deutschen? Wenn ich es bin, die auf der Straße liegt, würdest du sie das dann auch mir antun lassen?‹ Aber er hat nur gesagt: ›Nein, Elsa, es ist etwas ganz anderes‹, und ich habe weitergemacht mit der Notentasche. Können Sie das verstehen?«

»Ich weiß nicht. Eigentlich nicht. Oder, ich glaube vielleicht doch.«

»Er war alles, was ich besaß. Er war mein Leben. Zuerst habe ich wohl versucht, mich zur Wehr zu setzen, glaube ich. Aber schließlich wurde ich immer mehr hineinverwickelt, und dann war es zu spät, umzukehren ... Und dann, verstehen Sie«, sagte sie flüsternd, »gab es Zeiten, wo ich froh war, wo die Welt dem, was Samuel tat, Beifall zu klatschen schien. Das neue Deutschland war für uns kein schöner Anblick. Alte Ausdrücke tauchten wieder auf, Ausdrücke, vor denen wir als Kinder Angst hatten. Der schreckliche alte Stolz kam wieder, man konnte ihn sogar auf den Bildern in den Zeitungen erkennen, sie marschierten im alten Schritt. Fennan hat das auch gefühlt, aber er hatte, Gott sei Dank, nicht das erlebt, was ich erlebt hatte.

Wir waren in einem Lager in der Nähe von Dresden. Mein Vater war gelähmt, und er vermißte seine Zigaretten schrecklich. Ich habe ihm immer welche aus irgendwelchem Mist gerollt, den ich im Lager auftreiben konnte, nur als eine barmherzige Täuschung für ihn. Einmal hat ihn ein Wächter rauchen gesehen und begann zu lachen. Andere kamen dazu und lachten auch. Mein Vater hielt die Zigarette in seiner gefühllosen Hand und verbrannte sich die Finger. Er hat es nicht gemerkt, verstehen Sie.

Ja, wie sie den Deutschen wieder Waffen gegeben haben, Geld und neue Uniformen, dann war ich manchmal – nur für kurze Zeit – damit zufrieden, was Samuel getan hatte. Wir sind Juden, müssen Sie wissen, und deshalb . . .«

»Ja, ich verstehe schon«, sagte Smiley. »Ich habe es auch erlebt, wenigstens ein bißchen davon.«

»Ja, das hat Dieter erzählt.«

»Dieter hat das erzählt?«

»Ja, Freitag hat er es erzählt. Er hat ihm gesagt, daß Sie ein sehr gescheiter Mann sind. Sie haben ihn einmal vor dem Krieg hinters Licht geführt, und er ist erst viel später draufgekommen, hat Freitag gesagt. Er hat gesagt, daß Sie der Beste wären, den er je getroffen hätte.«

»Wann hat Freitag Ihnen das alles gesagt?«

Sie sah ihn lange an. Noch nie hatte er in einem Gesicht solch einen hoffnungslosen Jammer gesehen. Ihm fiel ein, was sie zu ihm gesagt hatte: »Die Kinder meines Schmerzes sind tot.«

Jetzt verstand er es und hörte es in ihrer Stimme, als sie sprach: »Das ist doch leicht zu erraten. In der Nacht, in der er Samuel getötet hat. Das ist ja der irrsinnige Witz, Mr. Smiley. Gerade in dem Augenblick, da Samuel so viel für sie hätte tun können – nicht dann und wann einmal ein Stück, sondern die ganze Zeit – einen ganzen Haufen von Notentaschen –, gerade in diesem Augenblick hat sie ihre eigene Angst geschlagen, hat sie zu wilden Tieren gemacht, die den töteten, den sie sich selber geschaffen hatten.

Samuel hat immer gesagt: ›Sie werden siegen, weil sie wissen, was sie tun, und die anderen werden zugrunde gehen, weil sie es nicht wissen. Männer, die für einen Traum arbeiten, werden immer und ewig weitermachen.‹ – So hat er gesagt. Aber ich habe ihren Traum gekannt. Ich wußte, daß er uns vernichten würde. Was hat schon keine Vernichtung gebracht. Nicht einmal der Traum Christi.«

»Also war es Dieter, der mich mit Fennan im Park gesehen hat?«

»Ja.«

»Und er hat gemeint ...«

»Ja, er hat geglaubt, daß Samuel ihn betrügt. Und hat Freitag aufgetragen, Samuel zu töten.«

»Und der anonyme Brief?«

»Ich weiß nicht. Ich weiß nicht, wer ihn geschrieben hat. Jemand, der Samuel kannte, nehme ich an, einer im Büro, der ihn beobachtet hat und Bescheid wußte. Oder wer aus Oxford von der Partei. Ich weiß es nicht. Samuel wußte es auch nicht.«

»Aber der Abschiedsbrief ...«

Sie sah ihn an, und ihr Gesicht zuckte. Fast hätte sie wieder zu weinen begonnen. Sie senkte den Kopf: »Ich habe ihn geschrieben. Freitag hat das Papier mitgebracht, und ich habe ihn geschrieben. Die Unterschrift war schon drauf. Samuels Unterschrift.«

Smiley ging zu ihr hinüber, setzte sich neben sie auf das Sofa und nahm ihre Hand. Sie drehte sich wütend zu ihm hin und kreischte: »Nehmen Sie Ihre Hände weg! Glauben Sie vielleicht, daß ich jetzt

Ihnen gehöre, weil ich nicht zu denen gehöre? Gehen Sie fort! Gehen Sie, und bringen Sie Freitag und Dieter um, halten Sie das Spiel in Gang, Mr. Smiley. Aber bilden Sie sich nicht ein, daß ich etwa auf Ihrer Seite wäre, haben Sie das gehört! Denn ich bin die wandernde Jüdin, das Niemandsland, das Schlachtfeld für Ihre Spielzeugsoldaten. Sie können mich treten und auf mir herumtrampeln, aber rühren Sie mich nicht an, niemals! Und erzählen Sie mir nie, daß es Ihnen leid tut, hören Sie! Gehen Sie jetzt! Gehen Sie morden!«

Sie saß zitternd da, als wäre es vor Kälte. Als er die Tür erreichte, blickte er zurück. In ihren Augen waren keine Tränen.

Draußen wartete Mendel im Wagen.

13

Samuel Fennans Unzulänglichkeit

Sie kamen um die Mittagszeit in Mitcham an. Peter Guillam wartete geduldig in seinem Wagen auf sie.

»Also, Leute, was gibt's Neues?«

Smiley übergab ihm das Blatt aus seiner Brieftasche. »Es hat auch eine Ausweichnummer für Notfälle gegeben – Primrose 9747. Sie sollten Erhebungen anstellen, aber ich habe auch in diesem Fall keine besonders großen Hoffnungen.«

Peter verschwand in die Halle und begann zu telefonieren. Mendel machte sich in der Küche zu schaffen und erschien nach zehn Minuten mit Bier, Brot und Käse auf einem Tablett. Guillam kam zurück und setzte sich, ohne etwas zu sagen. Er sah besorgt aus. »Also«, fragte er schließlich, »was hat sie gesagt, George?«

Mendel räumte den Tisch ab, als Smiley mit dem Bericht über das Gespräch am Vormittag zu Ende war.

»Ja«, sagte Guillam, »das ist wirklich sehr traurig. Na gut, George, ich werde das Ganze heute niederschreiben und sofort zu Maston gehen müssen. Tote Spione zu fangen ist wirklich ein schlechtes Vergnügen – und verursacht eine Menge Unglück.«

»Wozu hatte er denn im Außenamt Zutritt?« fragte Smiley.

»Seit kurzer Zeit zu ziemlich viel. Deswegen haben sie gemeint, daß seine Verhältnisse untersucht werden sollten.«

»Was war ihm denn hauptsächlich zugänglich?«

»Ich weiß es noch nicht. Bis vor ein paar Monaten war er mit asiatischen Angelegenheiten beschäftigt, aber seine neue Arbeit war anderer Natur.«

»Amerika, glaube ich mich zu erinnern«, sagte Smiley. »Übrigens, Peter?«

»Ja?«

»Peter, haben Sie je darüber nachgedacht, warum sie eigentlich so darauf aus waren, Fennan umzubringen? Ich meine, wenn man annimmt, daß er sie wirklich verraten hätte, wie sie meinten, warum ihn ermorden? Sie hatten dabei doch nichts zu gewinnen.«

»Nein, nein, ich glaube, Sie haben recht, das bedarf eigentlich tatsächlich einer Erklärung ... oder nicht? Nehmen wir an, Fuchs oder Maclean hätte sie verraten, was wäre dann wohl passiert? Nehmen Sie an, sie hätten eine Kettenreaktion fürchten müssen – nicht nur hier, sondern auch in Amerika – in der ganzen Welt. Hätten sie nicht wahrscheinlich gemordet, um das zu verhindern? Es gibt so vieles, das wir einfach nie wissen werden.«

»Wie zum Beispiel den Grund des Anrufes um halb neun.«

»Also dann, auf Wiedersehen. Machen Sie hier weiter, bis ich Sie anrufe. Maston wird Sie ganz sicher sehen wollen. Das wird einen Auflauf geben, wenn ich ihnen die frohe Kunde erzähle. Ich werde dieses spezielle Grinsen aufsetzen müssen, das ich für wirklich vernichtende Nachrichten reserviert habe.«

Mendel führte ihn hinaus und kehrte dann in das Wohnzimmer zurück. »Das Beste, was Sie jetzt tun können, ist, in der Klappe zu verschwinden«, sagte er. »Sie sehen wirklich verdammt schlecht aus.«

Entweder ist Mundt noch hier oder nicht, dachte Smiley, als er mit unter dem Kopf verschränkten Armen in seiner Weste auf dem Bett lag. Ist er weg, dann sind wir fertig. Maston wird dann entscheiden müssen, was mit Elsa Fennan geschehen soll, und ich vermute stark, daß er nichts tun wird.

Ist Mundt hiergeblieben, dann aus einem der folgenden drei Gründe: A. Dieter hat ihm befohlen, hierzubleiben und zu beobachten, wie sich der aufgewirbelte Staub setzt. B. Weil er in Ungnade ist und Angst hat, nach Hause zu fahren. C. Weil er hier noch etwas Angefangenes beenden will.

A ist unwahrscheinlich, denn es ist nicht Dieters Art, unnötige Risiken einzugehen. Aber es ist trotzdem eine Möglichkeit.

B ist unwahrscheinlich, denn wenn Mundt vielleicht vor Dieter Angst haben konnte, so mußte er vermutlich andererseits hier im Lande eine Anklage wegen Mordes fürchten. Das Gescheiteste, was er tun konnte, war, in ein anderes Land zu gehen.

C ist wahrscheinlicher. Wenn ich in Dieters Haut steckte, dann würde mir Elsa Fennan schlaflose Nächte bereiten. Das Mädchen Elizabeth ist unwesentlich – wenn nicht Elsa die Lücken schließt, dann bildet sie keine ernste Gefahr. Sie gehörte dem Kreis der Verschworenen nicht an, und es besteht kein Grund, anzunehmen, daß sie sich an Elsas Freund im Theater besonders erinnern würde. Nein, Elsa ist die wirkliche Gefahr.

Es gab natürlich noch eine andere Möglichkeit, die Smiley aber nicht zu beurteilen vermochte, die Möglichkeit nämlich, daß Dieter noch andere Agenten hatte, die Mundt beaufsichtigte. Im großen und ganzen war er geneigt, diese Alternative außer Betracht zu lassen, aber Peter war der Gedanke sicherlich durch den Kopf gegangen.

Nein ... es herrschte noch immer keine Ordnung, es reimte sich noch immer nicht zusammen. Er beschloß, nochmals anzufangen.

Also, was wissen wir? Er setzte sich auf, um sich nach Papier und Bleistift umzusehen, und sofort begann ihm der Kopf wieder zu dröhnen. Halsstarrig stand er von seinem Bett auf und entnahm der Tasche seines Sakkos einen Bleistift. In seiner Aktenmappe war ein Block. Er legte sich wieder auf das Bett, ordnete die Kissen so an, daß er bequem lag, nahm vier Aspirin aus einer Packung, die auf dem Nachttischchen lag, lehnte sich in die Kissen zurück und streckte seine kurzen Beine aus. Dann begann er zu schreiben. Zuerst sorgfältig die Überschrift in einer ordentlichen Gelehrtenschrift:

»Was wissen wir?«

Dann unterstrich er das Ganze und fing an, so objektiv wie er konnte, die bisherigen Ereignisse der Reihe nach noch einmal zu berichten: »Am Montag, dem 2. Januar, sah mich Dieter Frey, wie ich im Park mit seinem Agenten redete, und schloß ...« Ja, was schloß Dieter wirklich? Daß Fennan ein Geständnis abgelegt hätte oder es tun würde? Daß Fennan mein

Agent war? »... und schloß, daß Fennan gefährlich geworden wäre, und zwar aus bisher unbekannten Gründen. Am folgenden Abend, dem ersten Dienstag im Monat, brachte Elsa Fennan die Berichte ihres Mannes in einer Notenmappe auf die abgemachte, übliche Weise in das Repertoire-Theater in Weybridge und hinterließ die Tasche gegen einen Garderobeschein in der Kleiderablage. Mundt sollte auch eine Mappe bringen und das gleiche tun. Während der Vorstellung sollten Elsa und Mundt dann gegenseitig die Garderobezettel austauschen. Mundt kam nicht. Daher folgte sie ihren Instruktionen für den Notfall und schickte den Schein mit der Post an eine vorher besprochene Adresse, nachdem sie das Theater vorzeitig verlassen hatte, um die letzte Post aus Weybridge noch zu erreichen. Dann fuhr sie nach Hause, wo sie Mundt traf, der ihren Mann schon ermordet hatte, wahrscheinlich auf Befehl Dieters. Er hatte ihn auf kürzeste Entfernung erschossen, als er ihm in der Halle entgegentrat. Wie ich Dieter kenne, vermute ich, daß er schon vor langer Zeit die Sicherheitsmaßnahme getroffen hatte, in London einige Blätter unbeschriebenen Papiers, die mit echten oder gefälschten Unterschriften Fennans versehen waren, für den Fall bereitzuhalten, daß es sich einmal als notwendig erweisen sollte, ihn zu erpressen oder zu kompromittieren. Wenn das also der Fall war, dann brachte Mundt wahrscheinlich so ein Blatt mit, auf dem dann der Abschiedsbrief mit Fennans eigener Schreibmaschine geschrieben werden sollte. Während der grausigen Szene, die sich nach Elsas Rückkehr abgespielt haben mußte, wurde ihm klar, daß Dieter Fennans Zusammentreffen mit Smiley falsch ausgelegt hatte, aber er verließ sich darauf, daß Elsa den guten Ruf ihres toten Mannes würde wahren wollen, ganz abgesehen davon, daß sie ja mitschuldig war. Mundt fühlte sich daher verhältnismäßig wenig gefährdet. Mundt ließ Elsa den Brief schreiben, vielleicht, weil er sich nicht auf sein Englisch verlassen zu können glaubte. (Anmerkung: Aber wer, zum Teufel, hat den ersten Brief, die Denunziation, geschrieben?)

Mundt verlangte dann wahrscheinlich die Notenmappe, die er nicht abgeholt hatte, und Elsa sagte ihm, daß sie den Instruktionen gefolgt sei und den Schein an die Adresse in Hampstead aufgegeben habe und daß die Mappe noch im Theater sei. Mundt reagierte bezeichnend: Er zwang sie, das Theater anzurufen und auszumachen, daß er die Tasche noch am selben Abend auf seinem Rückweg nach London abholen käme. Deshalb kann man annehmen, daß zu diesem Zeitpunkt entweder die Adresse nicht mehr taugte oder daß Mundt in dieser Phase vorhatte, am nächsten Tag zeitig am Morgen nach Hause abzureisen, so daß er keine Zeit mehr hatte, erst den Schein und dann die Tasche zu holen.

Smiley kommt in den frühen Morgenstunden am Mittwoch, dem 4. Januar, nach Walliston, und während des ersten Verhörs nimmt er um halb neun Uhr einen Anruf entgegen, den – das steht außer Zweifel – Fennan fünf Minuten vor acht am vergangenen Abend bestellt hatte. *Warum?*

Etwas später am selben Vormittag kommt S. noch einmal zu Elsa Fennan zurück, um sie wegen des Anrufes um halb neun zu befragen, von dem sie, wie sie selber zugab, wußte, daß er mich ›irritieren würde‹. (Ohne Zweifel tat die schmeichelhafte Beschreibung meiner Fähigkeiten, die ihr Mundt gegeben hatte, ihre Wirkung.) Nachdem sie S. eine ungereimte Geschichte von ihrem schlechten Gedächtnis erzählt hat, bekommt sie Angst und ruft Mundt an.

Mundt, vermutlich von Dieter mit einem Bild von mir oder einer Beschreibung meiner Person ausgerüstet, beschließt, S. zu beseitigen. (Ob das wohl im Auftrag Dieters geschehen ist?) Etwas später am Tage gelingt ihm das um ein Haar. (Anmerkung: Mundt hat den Wagen erst am Abend des 4. Januar in Scarrs Garage zurückgebracht. Also wollte er nicht unbedingt früher an diesem Tage abfliegen. Wenn er ursprünglich geplant haben sollte, am Morgen ein Flugzeug zu nehmen, dann hätte er ebensogut den Wagen früher zurückbringen und mit dem Autobus auf den Flugplatz fahren können.)

Es ist wohl ziemlich wahrscheinlich, daß Mundt nach Elsas Anruf seine Pläne geändert hat. Das beweist aber nicht, daß er sie aus diesem Grunde änderte.«

Konnte Elsa Mundt wirklich so in Schrecken versetzt haben? In einen so panischen Schrecken, daß er blieb, daß er Adam Scarr umbrachte? überlegte Smiley.

In der Halle läutete das Telefon . . .

»George! Peter ist am Apparat. Mit der Adresse und der Telefonnummer war es leider Essig. Kein Fisch dran.«

»Was heißt das?«

»Sowohl die Nummer als auch die Adresse führten zu derselben Wohnung. Ein möbliertes Zimmer in Highgate Village.«

»Ja?«

»Der Mieter war ein Pilot der ›Lufteuropa‹. Er hat am 30. Januar seine zwei Monate Miete vorausgezahlt und ist seither nicht mehr erschienen.«

»Verdammt.«

»Die Vermieterin erinnert sich sehr gut an Mundt, den Freund des Piloten. Ein netter, höflicher Gentleman, wenn man bedenkt, daß er doch ein Deutscher war, und sehr freigebig. Er hat ziemlich oft auf dem Sofa geschlafen.«

»Ach Gott.«

»Ich bin das Zimmer mit dem Dachshaarpinsel durchgegangen. In einer Ecke stand ein Schreibtisch. Alle Laden waren leer mit Ausnahme von einer, in der ein Garderobeschein lag. Wo der wohl hergekommen ist? ... Also, wenn Sie herzlich lachen wollen, dann kommen Sie her in den Zirkus. Der ganze Olymp kocht vor Aktivität. Ach, übrigens ...«

»Ja?«

»Ich habe in Dieters Wohnung herumgestöbert. Wieder eine taube Nuß. Er ist am 4. Januar weg. Dem Milchmann hat er nichts gesagt, das heißt, kein Mensch weiß, wo er ist.«

»Was ist mit seiner Post?«

»Hat nie welche bekommen, außer Rechnungen. Auch das kleine Nest des Genossen Mundt habe ich mir angesehen. Zwei Zimmer über der Stahl-Mission. Die Möbel und der ganze Mist sind weg. Schade.«

»Na ja.«

»Aber etwas Komisches muß ich Ihnen erzählen, George. Sie erinnern sich doch, daß ich vorhatte, mir Fennans Sachen, die er bei sich trug – Brieftasche,

Notizbuch und so weiter – kommen zu lassen. Von der Polizei.«

»Ja.«

»Also, das habe ich getan. In seinem Notizbuch steht Dieters voller Name im Adressenverzeichnis und die Telefonnummer der Mission daneben. Verdammte Frechheit, was?«

»Das ist noch viel mehr, das ist ja Irrsinn. Du lieber Himmel!«

»Und dann steht da unter dem Datum vom 4. Januar: ›G. A. Smiley, Anruf halb neun.‹ Das wird durch eine Eintragung für den 3. Januar bestätigt, in der es heißt: ›Anruf bestellen für Mittwoch morgen‹.«

»Also noch immer keine Erklärung.« Es entstand eine Pause.

»Ja, übrigens, George. Ich habe Felix Taverner in das Außenamt geschickt, damit er ein bißchen herumschnüffelt. Einerseits ist es ärger, als wir befürchtet haben, andererseits wieder besser.«

»Wieso?«

»Ja, also Taverner hat sich die Registraturzettel der letzten beiden Jahre durchgesehen. Er konnte feststellen, welche Akten in Fennans Abteilung gegangen sind. Wenn ein Akt von einer Abteilung bestellt wird, haben sie vorgedruckte Bestellzettel auszufüllen.«

»Ja, ich höre.«

»Felix hat herausgefunden, daß Freitag nachmittag gewöhnlich drei oder vier Akten an Fennan ausgefolgt wurden, die dann am Montag vormittag zurückkamen. Man kann annehmen, daß er sie sich über das Wochenende nach Hause genommen hat.«

»Du heiliger Strohsack!«

»Aber das Komische dabei ist, George, daß er seit sechs Monaten, also genau seit er befördert worden ist, eher die Tendenz hatte, Sachen mitzunehmen, die nicht geheim waren und die eigentlich keinen Menschen interessieren konnten.«

»Aber gerade während der letzten Monate hatte er doch in der Hauptsache mit Geheimakten zu tun«, sagte Smiley. »Er hätte nach Hause nehmen können, was ihm paßte.«

»Ich weiß schon, aber er hat es nicht getan. Ich würde fast sagen, daß es mit Absicht geschehen ist. Er hat ganz unwichtige Sachen mitgenommen, die nur mit seiner routinemäßigen Arbeit zu tun hatten. Seine Kollegen können es nicht verstehen, jetzt, wenn sie darüber nachdenken. Er hat sogar Akten mitgenommen, die gar nicht zu seinem Arbeitsgebiet gehörten.«

»Auch nicht geheim?«

»Nein – völlig wertlos für die Spionage.«

»Wie war es denn früher, bevor er in die neue Stellung gekommen ist? Was hat er damals nach Hause genommen?«

»Viel mehr, als man glauben sollte – Akten, die er während des Tages bearbeitet hatte, Politik und so weiter.«

»Geheim?«

»Einige ja, einige nein. Wie sie gekommen sind.«

»Aber doch hoffentlich nichts Unvorhergesehenes – keine besonders delikaten Angelegenheiten, die ihn nichts angingen?«

»Nein. Gar nichts. Er hatte massenhaft Gelegenheit, ganz offen gesagt, hat sie aber nicht benutzt. Irrsinnig, finde ich.«

»Na ja, das mußte er ja sein, wenn er den Namen seines Verbindungsmannes in sein Notizbuch geschrieben hat.«

»Und darauf können Sie sich Ihren eigenen Reim machen: Er hatte sich den Vierten im Außenministerium frei genommen – das war also der Tag, der auf seinen Sterbetag folgte. Anscheinend eine ziemliche Sensation. Sonst hat er die Arbeit direkt gefressen, sagen die Kollegen.«

»Was unternimmt denn Maston in dieser ganzen Sache?« fragte Smiley nach einer Pause.

»Im Augenblick geht er die Akten durch und kommt alle zwei Minuten mit blöden Fragen zu mir. Ich glaube, er fühlt sich einsam da drin in seinem Zimmer bei all den harten Tatsachen.«

»Ach, er wird sie schon unterdrücken, Peter, da brauchen Sie keine Angst zu haben.«

»Ja, er sagt jetzt schon, daß die ganze Anklage gegen Fennan auf der Zeugenaussage einer neurotischen Frau basiert.«

»Danke, daß Sie angerufen haben, Peter.«

»Werde Sie bald besuchen, alter Junge. Schonen Sie Ihren Kopf.«

Smiley legte den Hörer auf und wunderte sich, wo Mendel blieb. Auf dem Tisch in der Halle lag eine Abendzeitung. Er warf einen flüchtigen Blick auf die Schlagzeile: »Antisemitische Ausschreitungen. Proteste der Juden aus aller Welt«, und darunter der Bericht über Ausschreitungen gegen einen jüdischen Geschäftsinhaber in Düsseldorf. Er öffnete die Tür zum Wohnzimmer – Mendel war nicht da. Dann erblickte er ihn durch das Fenster im Garten, wie er, seinen Gartenhut auf dem Kopf, wütend mit einer

Axt auf einen Baumstrunk im Vorgarten loshackte. Smiley beobachtete ihn einen Moment und ging dann in sein Zimmer hinauf, um sich wieder hinzulegen. Gerade, als er die obersten Stufen erreicht hatte, läutete das Telefon wieder.

»George? Tut mir leid, daß ich Sie wieder stören muß. Es ist wegen Mundt.«

»Ja?«

»Er ist gestern abend mit der BEA nach Berlin geflogen. Zwar unter einem anderen Namen, aber die Stewardeß erkannte ihn ohne Schwierigkeit. Das war's also. Pech, alter Freund.«

Smiley drückte die Gabel einen Augenblick mit der Hand nieder und wählte dann Walliston 2944. Er konnte hören, wie es am anderen Ende der Leitung klingelte. Plötzlich hörte es auf, und er hörte Elsa Fennans Stimme: »Hallo ... Hallo ... Hallo, ja, was ist denn?«

Leise legte er den Hörer wieder auf. Sie lebte.

Warum in aller Welt gerade jetzt? Warum reiste Mundt ausgerechnet jetzt ab, fünf Wochen, nachdem er Fennan umgebracht, drei Wochen, nachdem er Scarr liquidiert hatte. Warum hatte er die geringere Gefahr, nämlich Scarr, eliminiert und Elsa Fennan unbehelligt gelassen, die in ihrer neurotischen Verbitterung jeden Augenblick bereit sein konnte, ihre eigene Sicherheit außer acht zu lassen und die ganze Geschichte zu erzählen? Welche Wirkung konnte diese schreckliche Nacht nicht auf sie gehabt haben? Wie konnte Dieter einer Frau vertrauen, die jetzt nur so lose an ihn gebunden war? Der gute Ruf ihres Mannes konnte nicht mehr gerettet werden. Bestand nicht die Gefahr, daß sie, in weiß Gott was für einem

Anfall von Rachsucht oder Reue, mit der ganzen Wahrheit herausplatzte? Sicher, zwischen dem Mord an Fennan und dem an seiner Frau mußte man eine gewisse Zeit verstreichen lassen, aber welches Ereignis oder welche Nachricht, welche Gefahr war der Anlaß zu Mundts Abreise gestern abend? Ein skrupelloser und genau ausgearbeiteter Plan zur Bewahrung des Geheimnisses von Fennans Verrat war jetzt offenbar verworfen und unausgeführt gelassen worden. Was war gestern geschehen, wovon Mundt Kenntnis bekommen haben konnte? Oder war der Zeitpunkt seiner Abreise einem Zufall zuzuschreiben? Smiley weigerte sich, das zu glauben. Wenn Mundt nach den zwei Morden und dem Attentat auf Smiley in England blieb, so war das nicht freiwillig geschehen. Er hatte auf irgendeine Gelegenheit oder ein Ereignis gewartet, das ihm die Möglichkeit gab, zu verschwinden. Er war sicher nicht einen Augenblick länger als notwendig geblieben. Aber was hatte er seit Scarrs Tod getan? Hatte er sich in irgendeinem einsamen Zimmer versteckt, verkrochen, ohne Licht und ohne Verbindungen? Und warum war er dann so plötzlich abgeflogen?

Und Fennan wieder – was für ein merkwürdiger Spion war das, der wertlose Nichtigkeiten für seine Auftraggeber aussuchte, während er die kostbarsten Juwelen in Reichweite hatte und nur hätte zugreifen müssen? Eine Gesinnungsänderung vielleicht? Warum hat er es dann nicht seiner Frau gesagt, für die sein Verbrechen ein ewiger Alptraum war und die über seine Bekehrung gejubelt hätte? Es sah so aus, als hätte Fennan nie vorzügliches Geheimmaterial ausgesucht, als hätte er einfach das mit nach Hause genommen, an dem er gerade arbeitete. Ein Nachlassen im Eifer würde die merkwürdige Einladung zu Marlow und Dieters Überzeugung, daß Fennan ihn betrog, erklären können. Und wer hatte den anonymen Brief geschrieben?

Nichts paßte zusammen, rein gar nichts. Auch Fennan selbst war voller Widersprüche. Ein so prächtiger, intelligenter und anziehender Mensch er auch war, hatte er völlig ungezwungen und geschickt Verrat begangen. Smiley hatte ihn wirklich gut leiden können. Warum hatte dieser erfahrene Verräter den unglaublichen Fehler begangen, Dieters Namen in sein Notizbuch zu schreiben, warum hatte er so wenig Verstand oder Interesse bei der Auswahl des Materials gezeigt?

Smiley ging hinauf, um die verschiedenen Kleinigkeiten, die Mendel ihm aus der Bywater Street geholt hatte, einzupacken. Es war alles aus.

14

Die Figurengruppe aus Meißener Porzellan

Er stand an der Tür, stellte seinen kleinen Koffer hin und tastete nach den Schlüsseln. Als er die Tür aufmachte, erinnerte er sich daran, wie Mundt dort gestanden war und ihn mit seinen fahlblauen Augen fest und abschätzend angesehen hatte. Es war merkwürdig, sich vorzustellen, daß Mundt Dieters Schüler war. Mundt war mit der Unerbittlichkeit eines abgerichteten, gedungenen Söldners vorgegangen – schlagkräftig, zweckmäßig und stur. An seiner Technik war nichts Originelles, in allem war er ein Schatten seines Meisters gewesen. Es kam ihm vor, als wären Dieters brillante und einfallsreiche Methoden in ein Handbuch zusammengefaßt worden, das Mundt auswendig gelernt und dem er nur das Salz seiner eigenen Brutalität hinzugefügt hatte.

Smiley hatte absichtlich keine Adresse für das Nachsenden seiner Post angegeben, und daher lagen ganze Haufen von Briefen auf der Abstreifmatte. Er legte sie auf den Tisch im Vorzimmer und begann mit einem verlorenen Lächeln die Türen zu öffnen und sich umzusehen. Das Haus war ihm fremd. Er fand es kalt und muffig. Als er langsam durch die Zimmer schritt, dämmerte ihm zum erstenmal auf, wie leer sein Leben geworden war.

Er sah sich nach Streichhölzern um, weil er den Gaskamin anzünden wollte, aber er fand keine.

Er setzte sich in einen Lehnsessel im Wohnzimmer, und seine Augen wanderten über die Bücherregale und die verschiedenen Sachen, die er auf seinen Reisen gesammelt hatte. Als Ann ihn verließ, hatte er unbarmherzig alle ihre Spuren getilgt. Sogar ihrer Bücher hatte er sich entledigt. Aber nach und nach waren die wenigen symbolischen Dinge, die sein Leben mit dem ihren verknüpft hatten, wieder zu Ehren gekommen. Hochzeitsgeschenke von engen Freunden, die zuviel bedeutet hatten, als daß man sie hätte weggeben können. Da war eine Skizze von Watteau, ein Geschenk von Peter Guillam, eine Figurengruppe aus Meißener Porzellan von Steed-Asprey.

Er erhob sich aus dem Stuhl und ging hinüber zu dem Eckschrank, wo die Gruppe stand. Er liebte es, die Schönheit dieser Figuren zu bewundern, die kleine Kurtisane im Schäferkostüm, die die Arme nach einem verliebten Bewunderer ausgestreckt hatte, während ihr kleines Gesicht einem anderen zulächelte. Vor dieser zerbrechlichen Vollkommenheit kam er sich so unzulänglich vor wie einst vor Ann, als er damals die Eroberung begann, die die Gesellschaft in Erstaunen gesetzt hatte. Irgendwie trösteten ihn diese kleinen Figuren. Es war ebenso hoffnungslos, von Ann Treue zu erwarten, wie von dieser kleinen Schäferin unter ihrem Glassturz. Steed-Asprey hatte die Gruppe vor dem Krieg in Dresden gekauft, sie war das Glanzstück seiner Sammlung gewesen, und er hatte sie ihnen geschenkt. Vielleicht hatte er vorausgeahnt, daß Smiley eines Tages für die einfache Weisheit Bedarf haben könnte, die sie dem Betrachter suggerierte.

Dresden! Das war von allen deutschen Städten Smileys Lieblingsstadt. Er liebte ihre Architektur, das merkwürdige Durcheinander von mittelalterlichen und klassischen Bauten, die manchmal an Oxford mit seinen Kuppeln, Türmen und Spitzen erinnerten, und seine grünen Kupferdächer, die in der heißen Sonne flimmerten. Der Name bedeutete »Stadt der Waldbewohner«, dort hatte Wenzel von Böhmen die fahrenden Sänger mit Geschenken und Privilegien ausgezeichnet. Smiley erinnerte sich daran, wie er das letztemal dort gewesen war und einen Bekannten von der Universität, einen Professor der Philologie, besucht hatte, mit dem er in England zusammengekommen war. Auf dieser Reise hatte er damals Dieter gesehen, wie er sich im Gefängnishof im Kreis herumschleppte. Er konnte ihn noch immer vor sich sehen; groß und verbissen und durch den geschorenen Schädel grotesk verändert, schien er irgendwie zu groß für das kleine Gefängnis zu sein. Dresden, fiel ihm ein, war übrigens auch Elsas Geburtsort gewesen, wie er festgestellt hatte, als er ihren Akt im Ministerium durchgesehen hatte: Elsa, Mädchenname Freimann, geboren 1917 in Dresden, Deutschland, Kind deutscher Eltern; in Dresden erzogen; 1938 bis 1945 im KZ. Er versuchte, sie vor dem Hintergrund ihres Elternhauses zu sehen, sich die jüdische Patrizierfamilie vorzustellen, die unter Drangsalen und Verfolgungen zugrunde ging. ›Ich habe von langem goldenem Haar geträumt, und sie haben mir den Kopf geschoren.‹ Angeekelt verstand er völlig, warum sie sich das Haar färbte. Sie hätte sein können wie diese kleine Schäferin, hochbusig und hübsch. Aber ihren Körper hatte Hunger zerstört, so daß er jetzt gebrechlich und häßlich war wie der eines kleinen Vogels.

Er konnte sie sich in der furchtbaren Nacht vorstellen, wie sie den Mörder ihres Mannes neben der Leiche stehend angetroffen hatte, konnte im Geiste ihre atemlose, schluchzende Erklärung hören, warum Fennan mit Smiley im Park gewesen war, und Mundt vor sich sehen, der ungerührt auf sie einredete, ihr die Gründe auseinandersetzte und sie endlich dazu bewog, gegen ihren Willen noch einmal an diesem schrecklichsten und unsinnigsten aller Verbrechen teilzuhaben. Wie er sie zum Telefon schleppte und zwang, das Theater anzurufen, und sie schließlich zermartert und erschöpft zurückließ. Mit den unausweichlichen Nachforschungen mochte sie selber fertig werden. Ja sogar den Abschiedsbrief über Fennans Unterschrift hatte er sie zu schreiben gezwungen. Es war über alle Maßen unmenschlich und, dachte er weiter, für Mundt ein ungeheueres Risiko.

Sie hatte sich natürlich andererseits in der Vergangenheit als eine äußerst verläßliche Komplizin erwiesen, die einen kühlen Kopf hatte und ironischerweise in der Technik der Spionage geschickter war als Fennan. Und ihre Leistung bei ihrem ersten Zusammentreffen mit ihm war für eine Frau, die in dieser Nacht so viel Schreckliches durchgemacht hatte, einfach ein Wunder.

Als er so die kleine Schäferin betrachtete, die in unveränderlich schwebender Pose zwischen ihren beiden Bewunderern stand, kam ihm ganz leidenschaftslos der Gedanke, daß es noch eine zweite, ganz andersgeartete Lösung für den Fall Fennan gab. Eine Lösung, die bis ins Detail zu allen Umständen paßte und die irritierenden, scheinbaren Widersprüche in Fennans Charakter zum Verschwinden brachte. Es begann als rein akademische Denkübung, die Personen nicht in Betracht zog. Smiley schob die einzelnen Charaktere wie die Teile eines Zusammenlegspiels hin und her und drehte sie bald in der einen, bald in der anderen Richtung, um zu versuchen, wie sie zu dem schon fertigen Stück der erhärteten Tatsachen paßten – und dann, ganz plötzlich, fügte sich alles zusammen, und zwar so genau, daß ihm klar wurde, daß es jetzt nicht mehr nur ein Spiel mit Gedanken war.

Sein Herz schlug schneller, als Smiley sich die ganze Geschichte noch einmal aufbaute, Szenen und Ereignisse im Lichte seiner Entdeckung rekonstruierte. Jetzt wußte er, warum Mundt England heute verlassen hatte, warum Fennan so wenig gebracht hatte, das für Dieter von Wert war, den Anruf um halb neun bestellt hatte und warum seine Frau der systematischen, wilden Mordorgie Mundts entgangen war. Jetzt wußte er endlich auch, wer den anonymen Brief geschrieben hatte. Er erkannte nun, daß er sich von seinen Gefühlen hatte zum Narren halten lassen, mit seinem Verstand ein falsches Spiel getrieben hatte.

Er ging zum Telefon und wählte Mendels Nummer. Gleich nachdem er mit ihm gesprochen hatte, rief er Peter Guillam an. Dann nahm er Hut und Mantel und ging um die Ecke auf den Sloane Square. Bei einem kleinen Zeitungsstand kaufte er eine Ansichtskarte, die die Westminster Abbey darstellte, ging zur U-Bahn und fuhr nach dem Norden, wo er in Highgate ausstieg. Auf dem Hauptpostamt dort kaufte er eine Marke und adressierte die Karte in steifen, unenglischen Buchstaben an Elsa Fennan. Auf den Platz für den Text schrieb er in spitzen Buchstaben: »Ich wünschte, Du wärest hier!« Er gab die Karte auf, notierte sich die Zeit und fuhr zum Sloane Square zurück. Mehr konnte er im Augenblick nicht tun.

In dieser Nacht schlief er fest, stand am folgenden Morgen zeitig auf – es war ein Samstag –, ging um die Ecke und kaufte frische Brötchen und Kaffee. Er machte sich eine große Portion Kaffee, setzte sich mit der ›Times‹ in die Küche und verzehrte sein Frühstück. Er fühlte sich merkwürdig ruhig, und als endlich das Telefon läutete, faltete er seine Zeitung sorgfältig zusammen, bevor er hinaufging, um den Hörer abzuheben.

»George, ich bin's, Peter.« Die Stimme klang dringlich, fast triumphierend. »George, sie hat angebissen, da schwöre ich drauf!«

»Was ist passiert?«

»Genau um 8 Uhr 55 war der Briefträger da. Um 9 Uhr 30 ist sie eilig den Weg vom Haus heruntergekommen, gestiefelt und gespornt. Sie ist direkt zur Bahnstation gegangen und mit dem Zug um 9 Uhr 52 zur Victoria-Station gefahren. Ich habe Mendel in den Zug gesetzt und bin mit dem Wagen nachgefahren, aber ich war zu spät dran, um den Zug einzuholen.«

»Wie werden Sie sich denn mit Mendel wieder in Verbindung setzen?«

»Ich habe ihm die Nummer von dem Hotel in Grosvenor gegeben, wo ich jetzt bin. Er wird mich sofort anrufen, sobald er dazu Gelegenheit hat, und dann werde ich dorthin kommen, wo er ist.«

»Peter, Sie fassen die Sache doch vorsichtig an, nicht wahr?«

»Wie mit Glacéhandschuhen, alter Junge. Ich glaube, sie beginnt den Kopf zu verlieren. Rennt wie ein Windhund.«

Smiley legte den Hörer auf. Er nahm wieder seine ›Times‹ und studierte das Theaterprogramm. Er mußte recht haben . . . unbedingt.

Der Vormittag verging dann mit nervtötender Langsamkeit. Manchmal stand er mit den Händen in den Hosentaschen am Fenster und sah zu, wie die schlaksigen Mädchen aus Kensington in Begleitung wunderschöner junger Männer in hellblauen Pullovern einkaufen gingen oder wie die kleine Brigade von Wagenwaschern zuerst fröhlich vor den Häusern drauflos arbeitete, dann eine Weile herumstand, um über Autos zu tratschen, und schließlich zielbewußt die Straße hinunter verschwand, um sich die erste Pulle Bier an diesem Wochenende zu genehmigen.

Endlich, nach einer Ewigkeit, wie es ihm vorkam, wurde an der Eingangstür geläutet, und Mendel und Guillam kamen herein. Sie grinsten und waren hungrig wie die Raben.

»Wir haben's geschafft«, sagte Guillam. »Aber Mendel soll erzählen. Er hat ja die meiste Plage gehabt. Ich bin nur gerade noch zum Halali zurechtgekommen.«

Mendel berichtete seine Geschichte haargenau und mit allen Details, wobei er, den Kopf leicht zur Seite geneigt, vor sich hin sah.

»Sie ist mit dem Zug weg, der um 9 Uhr 52 nach Victoria-Station fährt. Im Zug habe ich mich unsichtbar gemacht und bin ihr nach, wie sie durch die Sperre ist. Dann hat sie ein Taxi nach Hammersmith genommen.«

»Ein Taxi?« unterbrach ihn Smiley. »Sie muß ja vollständig wahnsinnig sein!«

»Sie ist ganz außer sich. Für eine Frau geht sie sowieso schon schnell, verstehen Sie, aber wie sie da über den Bahnsteig gefegt ist, alle Achtung! Sie ist beim Broadway ausgestiegen und zum Sheridan-Theater gegangen. Hat die Türen zur Kasse der Reihe nach probiert, aber sie waren zu. Einen Augenblick hat sie gezögert und ist dann zurückgegangen in ein Café ein paar hundert Meter weiter die Straße hinunter. Hat sich Kaffee bestellt und sofort bezahlt. Etwa vierzig Minuten später ist sie zum Theater zurück. Jetzt waren die Kassen offen, und ich bin hinter ihr hineingeschlüpft und habe mich auch angestellt. Sie kaufte zwei Sitze für nächsten Donnerstag: Parkett ganz hinten, Reihe T, Platz Nummer 27 und 28. Dann ist sie wieder hinaus aus dem Theater, hat eines der Billetts in einen Briefumschlag getan, ihn zugeklebt und in einen Briefkasten geworfen. Die Adresse konnte ich nicht sehen, aber es war eine Sechspennymarke drauf.«

Smiley saß sehr still da. »Ob er wohl kommen wird?« sagte er. »Ich bin gespannt, ob er erscheint.«

»Ich habe Mendel beim Theater getroffen«, sagte Guillam. »Er ist ihr bis zum Café nachgegangen und hat mich dann angerufen. Dann ist er auch hineingegangen.«

»Ich hatte selber Lust auf eine Tasse Kaffee«, fuhr Mendel fort. »Mr. Guillam hat mich dann gefunden. Als ich mich anstellen ging, ließ ich ihn im Café, und er ist dann erst ein wenig später herausgekommen. Es war alles Maßarbeit, und keine Pannen. Sie hat den Kopf verloren, das ist sicher. Sieht sich nicht vor.«

»Was hat sie dann gemacht?« fragte Smiley.

»Schnurgerade zurück zur Victoria-Station. Dort haben wir sie dann laufen lassen.«

Eine Weile blieben sie stumm, und dann sagte Mendel: »Also, was tun wir jetzt?«

Smiley zwinkerte und blickte ernst in Mendels graues Gesicht.

»Theaterkarten bestellen für die Donnerstagvorstellung im Sheridan.«

Sie gingen, und er war wieder allein. Er hatte noch immer nicht die Berge von Briefen durchgesehen, die sich während seiner Abwesenheit angehäuft hatten. Rundschreiben, Kataloge von Blackwells, Rechnungen und die übliche Kollektion von Reklame für Seifen, tiefgekühlte Erbsen, Fußballtotoscheinen und so weiter. Es waren auch einige Privatbriefe dabei. Er nahm alles ins Wohnzimmer mit, setzte sich in einen Armstuhl und begann zuerst einmal die persönlichen Briefe aufzumachen. Einer war von Maston, und er las ihn fast mit Verlegenheit.

»Mein lieber George,

es tat mir leid, als ich von Guillam hörte, daß Sie einen Unfall hatten, und ich hoffe zuversichtlich, daß Sie sich schon wieder ganz erholt haben.
Sie erinnern sich vielleicht, daß Sie mir in der Hitze des Gefechts damals vor Ihrem Unglücksfall ein Rücktrittsgesuch geschickt haben, und

ich möchte Ihnen nur mitteilen, daß ich es natürlich nicht ernst nehme. Manchmal verlieren wir den Sinn für die Perspektive der Dinge, wenn die Ereignisse auf uns einstürmen. Aber alte Kampfgenossen, George, wie wir sind, kann man nicht so leicht von der Spur abbringen. Ich freue mich darauf, Sie wieder bei uns zu sehen, sobald Sie gesund sind, und inzwischen betrachten wir Sie weiter als ein altes, treues Mitglied unseres Stabes.«

Smiley legte den Brief weg und wandte sich dem nächsten zu. Im ersten Augenblick erkannte er die Handschrift nicht und starrte einen Moment verständnislos auf die Schweizer Marke und das Briefpapier eines teuren Hotels. Plötzlich wurde er ein wenig schwach, der Brief verschwamm vor seinen Augen, und er hatte kaum die Kraft in den Fingern, den Umschlag aufzureißen. Was wollte sie? Wenn es Geld war, dann konnte sie alles haben, was er besaß. Sein Geld konnte er ja ausgeben, wie es ihm paßte. Wenn es ihm Spaß machte, es auf Ann zu verschwenden, dann würde er es tun. Sonst gab es nichts, was er ihr hätte geben können. Sie hatte es schon vor langer Zeit selber genommen. Seinen Mut, seine Liebe, sein Mitgefühl, alles hatte sie munter in ihrer kleinen Juwelenkassette mitgenommen, um damit gelegentlich einmal am Nachmittag, wenn die Sonne Kubas heiß herunterbrannte, zu tändeln. Sie ließ diese Dinge vielleicht vor den Augen ihres neuen Liebhabers in ihren Fingern baumeln und verglich sie mit ähnlichen kleinen Schmuckstücken, die ihr andere vorher oder später gebracht hatten.

»Mein liebster George,

ich möchte Dir ein Angebot machen, das kein Gentleman annehmen könnte. Ich möchte zu Dir zurückkommen.
Ich bleibe bis Ende dieses Monats im Baur-au-Lac in Zürich. Schreib mir.

Ann«

Smiley nahm den Umschlag und drehte ihn um: »Madame Juan Alvida.« Nein, wirklich, diesen Vorschlag konnte kein Gentleman annehmen. Kein Traum konnte das Tageslicht von Anns Abreise mit ihrem zuckersüßen Lateinamerikaner und sein Orangenschalengrinsen überleben. Smiley hatte einmal im Kino in der Wochenschau einen Bericht gesehen, wie Alvida irgendein Rennen in Monte Carlo gewonnen hatte. Das Widerwärtigste daran waren die Haare auf seinen Armen gewesen, erinnerte er sich. Mit seiner Schutzbrille, dem Motoröl im Gesicht und mit diesem lächerlichen Lorbeerkranz hatte er genau wie ein vom Baum heruntergefallener Orang-Utan ausgesehen. Er hatte ein weißes Tennishemd mit kurzen Ärmeln getragen, das auf rätselhafte Art während des Rennens rein geblieben war, und dadurch fielen einem diese schwarzen Affenarme mit noch größerer Widerwärtigkeit in die Augen.

Ja, das war Ann: Schreib mir! Kauf dein Leben zurück, sieh nach, ob es noch einmal gelebt werden kann, und schreib mir! Ich bin meines Liebhabers müde, mein Liebhaber ist meiner müde, also laß mich wieder deine Welt zertrümmern: meine eigene ist mir langweilig. Ich möchte zu dir zurück . . . ich möchte, ich möchte . . .

Smiley stand auf. Noch immer den Brief in der Hand, blieb er vor der Porzellangruppe stehen. Einige Minuten lang betrachtete er die kleine Schäferin. Sie war so entzückend.

15

Der letzte Akt

Die Vorstellung des dreiaktigen Stückes ›Edward II.‹ fand vor ausverkauftem Haus statt. Guillam und Mendel saßen nebeneinander am äußersten Ende des Bogens, der ein großes U vor der Bühne bildete. Von der linken Seite des Kreisendes konnte man die hinteren Parkettsitze sehen, die sonst unsichtbar waren. Ein leerer Platz trennte Guillam von einer Gruppe junger Studenten, die voll aufgeregter Erwartung miteinander flüsterten.

Sie blickten aufmerksam auf das Meer von dauernd in Bewegung befindlichen Köpfen und flatternden Programmen, durch die plötzlich Wellen auf und nieder gingen, wenn später Ankommende ihre Plätze einnahmen. Die Szene erinnerte Guillam an einen orientalischen Tanz, bei dem winzige Gesten von Hand und Fuß einen bewegungslosen Körper beseelen. Gelegentlich sah er ins hintere Parkett, aber von Elsa Fennan und ihrem Gast war noch nichts zu sehen.

Gerade als die von einem Band wiedergegebene Ouvertüre zu Ende ging, warf er wieder einen kurzen Blick auf die beiden leeren Sitze in der hintersten Reihe, und sein Herz machte einen plötzlichen Sprung, als er dort die schlanke Gestalt Elsas sah, die steif und bewegungslos in das Auditorium starrte, wie ein Kind, das sich zu benehmen lernt. Der Platz zu ihrer Rechten, neben dem Gang, war noch immer leer.

Draußen auf der Straße fuhren die Taxis eines nach dem anderen hastig am Eingang des Theaters vor, die Ankommenden gaben in der Eile den Chauffeuren viel zuviel Trinkgeld und suchten dann fünf Minuten nach ihren Karten. Smiley ließ sich von seinem Taxichauffeur hinter dem Theater, vor dem Hotel Clarendon, absetzen und befahl ihm dann zu warten. Er selbst ging sofort in den Speisesaal und zur Bar.

»Ich erwarte jeden Augenblick einen Anruf«, sagte er. »Mein Name ist Savage. Bitte rufen Sie mich sofort, wenn er kommt.«

Der Mann an der Bar nahm das Telefon und sprach mit der Hauszentrale.

»Und dann einen kleinen Whisky mit Soda, bitte. Wollen Sie selbst einen haben?«

»Danke sehr, mein Herr, ich rühre so etwas nie an.«

Der Vorhang ging vor einer schwach erleuchteten Bühne hoch, und Guillam, der verstohlen nach hinten in den Zuschauerraum sah, versuchte zuerst ohne Erfolg, die plötzliche Dunkelheit zu durchdringen. Langsam gewöhnten sich seine Augen an das spärliche Licht, das die Lampen der Notbeleuchtung verbreiteten, und endlich konnte er in dem schwachen Schimmer Elsa erkennen. Und den noch immer leeren Platz neben ihr.

Von dem Gang, der längs der Hinterseite des Zuschauerraumes verlief, waren die Parkettsitze nur durch eine niedrige Wand getrennt. Dort befanden sich Türen, die zur Bar, dem Foyer und den Garderoben führten. Einen kurzen Augenblick ging eine dieser Türen auf, und ein schräger Lichtstrahl traf Elsa Fennan, als geschähe es mit Absicht. Er beleuchtete in einer schmalen Linie die eine Seite ihres Gesichtes, wobei durch den Kontrast die Schatten ihrer Züge schwarz erschienen. Sie beugte den Kopf ein wenig, als ob sie auf etwas horche, erhob sich halb von ihrem Sitz, setzte sich wieder hin, als hätte sie sich getäuscht, und verharrte in ihrer früheren Stellung.

Guillam fühlte Mendels Hand auf seinem Arm, drehte sich zu ihm und bemerkte, daß sein hageres Gesicht vorgeneigt war und an ihm vorüberschaute. Dem Blick Mendels folgend, sah er auf die Treppen am Eingang hinunter, wo eine hohe Gestalt langsam zu den Parkettsitzen ging. Der Mann bot einen eindrucksvollen Anblick. Er war groß und schön, und in der Stirn hing ihm eine schwarze Locke. Dieser elegante Riese, der da den Gang hinaufhinkte, war es, den Mendel so fasziniert beobachtete. Es war etwas Ungewöhnliches an ihm, etwas Fesselndes und Verwirrendes. Guillam verfolgte durch sein Glas, wie er langsam und entschlossen weiterging, und er bewunderte die Grazie und die Gemessenheit seines ungleichmäßigen Ganges. Es war ein besonderer Mann, einer, an den man sich erinnert, ein Mann, der in unserem Innersten eine Saite zum Schwingen bringt, einer, der überall die Situation zu beherrschen wußte. Guillam kam er wie das lebendige Ebenbild aller unserer Träume vor, er stand am Mast mit Conrad, fand mit Byron das verlorene Griechenland, besuchte mit Goethe die Schatten der klassischen und mittelalterlichen Unterwelten.

In der Art, wie er sein gesundes Bein nach vorn warf, lag ein Trotz und eine Beherrschung, die man nicht übersehen konnte. Guillam beobachtete, wie die Leute im Zuschauerraum nach ihm die Köpfe umdrehten und wie ihm Augen gehorsam folgten.

Guillam drückte sich an Mendel vorbei und ging schnell durch den daneben befindlichen Notausgang hinaus auf den Korridor, der dahinter lag. Er folgte dem Gang und kam schließlich über einige Stufen in das Foyer. Die Kasse hatte schon zu, aber das Mädchen brütete noch über einem Blatt voll mühselig zusammengestellter Zahlen, von denen viele ausgebessert oder durchgestrichen waren.

»Entschuldigen Sie bitte«, sagte Guillam, »aber ich muß rasch Ihr Telefon benutzen. Es ist sehr dringend. Darf ich?«

»Psch!« Sie winkte ihm ohne aufzusehen ungeduldig mit dem Bleistift. Ihr Haar war unansehnlich, ihre fette Haut glänzte als Folge der Ermüdung später Abende und einer Diät, die wohl aus Kartoffelchips bestand. Guillam wartete einen Moment. Wie lange es wohl dauern würde, bis sie eine Lösung für das Durcheinander von spinnenhaften Zahlen gefunden hatte, die zu dem Haufen von Noten und Silbergeld in der offenen Handkasse neben ihr paßten.

»Hören Sie zu«, drängte er. »Ich bin Polizeibeamter – da sind ein paar Helden oben, die hinter Ihrer Kasse her sind. Wollen Sie mich also zum Telefon lassen?«

»O Gott«, sagte sie mit müder Stimme und sah ihn zum erstenmal an. Sie trug Augengläser und war sehr häßlich. Sie war weder erschrocken noch beeindruckt. »Das wäre mein größter Wunsch, daß sie das Geld nähmen. Es treibt mich schon die Wände hoch.« Sie schob ihren Abrechnungszettel zur Seite, öffnete eine Tür neben der kleinen Zelle, und Guillam drückte sich hinein.

»Nicht sehr komfortabel, nicht wahr?« sagte das Mädchen und verzog den Mund. Ihre Stimme klang fast kultiviert – wahrscheinlich eine Londoner Studentin, die sich ein Taschengeld verdient, dachte Guillam. Er rief das Hotel Clarendon an und verlangte Mr. Savage. Fast unmittelbar darauf hörte er Smileys Stimme.

»Er ist da«, sagte Guillam. »Die ganze Zeit hier gewesen. Muß sich noch ein zweites Billett gekauft haben. Er ist vorne im Parkett gesessen. Mendel hat ihn plötzlich bemerkt, wie er den Gang hinaufhinkte.«

» Hinkte?«

»Ja, es ist nicht Mundt, es ist der andere, Dieter.«

Smiley antwortete nicht, und nach einer Weile sagte Guillam: »George, sind Sie noch da?«

»Wir sitzen in der Patsche, fürchte ich, Peter. Wir haben nichts gegen Frey vorzubringen. Lassen Sie Ihre Leute nach Hause gehen. Sie werden Mundt heute abend nicht finden. Ist der erste Akt schon vorbei?«

»Es muß gleich Pause sein.«

»Ich bin in zwanzig Minuten drüben. Passen Sie wie der Teufel auf Elsa auf – und wenn sie weggehen und sich trennen, dann soll Mendel sich an Dieter anhängen. Während des letzten Aktes stellen Sie sich im Foyer auf, für den Fall, daß sie früher weggehen.«

Guillam legte den Hörer in die Gabel und wandte sich dem Mädchen zu. »Danke«, sagte er und legte vier Pennies auf ihren Tisch. Sie sammelte sie rasch zusammen und drückte sie ihm in die Hand.

»Um Gottes willen«, sagte sie, »machen Sie mein Unglück nicht noch größer.«

Er ging hinaus auf die Straße und sprach mit einem Kriminalbeamten in Zivil, der auf dem Gehsteig herumbummelte. Dann eilte er zurück ins Theater und kam zu Mendel zurück, gerade als der Vorhang nach dem ersten Akt fiel.

Elsa und Dieter saßen Seite an Seite. Sie redeten ganz fröhlich miteinander, Dieter lachte, Elsa war animiert und gesprächig wie eine Marionette, die ihr Meister zum Leben erweckt hatte. Mendel beobachtete sie fasziniert. Sie lachte über irgend etwas, das Dieter gesagt hatte, beugte sich vor und legte ihre Hand auf seinen Arm. Er sah ihre dünnen Finger auf dem Ärmel seines Smokings und bemerkte, wie Dieter den Kopf neigte und ihr etwas zuflüsterte, das sie wieder zum Lachen brachte. Während Mendel ihnen so zusah, wurde die Beleuchtung langsam schwächer, und das Reden des Publikums verstummte in der Erwartung des zweiten Aktes.

Smiley verließ das Hotel Clarendon und ging langsam auf dem Gehsteig dem Theater zu. Wenn er jetzt darüber nachdachte, leuchtete es ihm ein: Es war nur logisch, daß Dieter gekommen war. Mundt zu schikken wäre ja heller Wahnsinn gewesen. Wie lange wohl Elsa und Dieter brauchen würden, um daraufzukommen, daß es nicht Dieter war, der sie gerufen hatte, nicht Dieter, der die Postkarte durch einen vertrauten Kurier geschickt hatte. Das wird ein interessanter Moment sein. Er wünschte sich aus ganzer Seele die Gelegenheit zu noch einem Gespräch mit Elsa Fennan.

Wenige Minuten später ließ er sich ruhig auf dem

leeren Sitz neben Guillam nieder. Es war lange her, daß er Dieter gesehen hatte.

Er hatte sich nicht verändert. Er war noch immer derselbe unwahrscheinliche Romantiker mit dem Zauber eines Scharlatans, dieselbe unvergeßliche Gestalt, die in den Ruinen Deutschlands gekämpft hatte, unerbittlich am Ziel festhaltend, satanisch in den Mitteln, dunkel und schnell wie die Götter des Nordens. Smiley hatte ihnen damals an dem Abend in seinem Klub nicht die Wahrheit gesagt. Dieter war tatsächlich ohne Maß. Seine Schlauheit, seine Ideen, seine Stärke und seine Träume – alles war größer als das Leben selbst und nicht durch den mäßigenden Einfluß der Erfahrung gemildert. Er war ein Mann, der nur in absoluten Begriffen dachte und handelte, ein Mann ohne Geduld oder Kompromißbereitschaft.

Wie Smiley an diesem Abend so in dem dunklen Theater saß und Dieter über die Masse der bewegungslosen Köpfe hin beobachtete, kamen ihm Erinnerungen an frühere Zeiten. Erinnerungen an gemeinsam bestandene Gefahren, an gegenseitiges Vertrauen, als damals jeder das Leben des andern in der Hand gehalten hatte ... Einen kurzen Augenblick lang dachte Smiley fast, Dieter hätte ihn gesehen, hatte er das Gefühl, daß Dieters Augen auf ihn gerichtet wären und ihn im Halbdunkel beobachteten.

Als der zweite Akt dem Ende zuging, erhob sich Smiley, und als der Vorhang fiel, verschwand er schnell durch den Seitenausgang und wartete, im Korridor versteckt, bis zum letzten Akt geläutet wurde. Mendel kam kurz vor Ende der Pause zu ihm, und Guillam huschte vorbei, um seinen Posten im Foyer einzunehmen.

»Jetzt gibt es Verdruß«, sagte Mendel. »Sie streiten. Sie sieht aus, als ob sie Angst hätte. Sie scheint immer wieder etwas zu sagen, und er schüttelt nur den Kopf. Sie ist ganz aus dem Häuschen, glaube ich, und er sieht beunruhigt aus. Er hat angefangen, im Theater herumzuschauen, als säße er in einer Falle, als prüfte er Möglichkeiten und machte Pläne. Er hat auch dorthin gesehen, wo Sie sitzen.«

»Er wird sie nicht allein gehen lassen«, sagte Smiley. »Er wird warten und zusammen mit dem anderen Publikum hinausgehen. Sie werden nicht vor Schluß verschwinden. Er rechnet wahrscheinlich damit, daß er eingekesselt ist. Er wird sein Heil darin suchen, uns dadurch zu verwirren, daß er sich von ihr plötzlich mitten im Gedränge trennt – sie eben einfach verliert.«

»Was spielen wir eigentlich für ein Spiel? Warum können wir nicht einfach hin und sie festnehmen?«

»Wir warten eben bloß. Ich weiß nicht, weshalb. Übrigens haben wir keine Beweise. Weder für Mord noch für Spionage, bis sich Maston dazu aufrafft, etwas zu tun. Aber behalten Sie eines im Auge: Dieter weiß das nicht. Wenn Elsa nervös ist und Dieter beunruhigt, dann werden sie bestimmt irgend etwas tun – das ist sicher. Solange sie glauben, daß das Spiel aus ist, haben wir eine Chance. Sie sollen nur davonlaufen, in Panik ausbrechen, was sie wollen. Bis sie etwas tun ...«

Wieder wurde es dunkel im Theater, aber als Smiley heimlich hinsah, bemerkte er, daß sich Dieter zu Elsa beugte und ihr etwas zuflüsterte. Seine Linke hielt ihren Arm, und seine ganze Haltung war so, als versuche er, ihr etwas dringend einzureden und sie zu beruhigen.

Das Stück ging weiter, die Rufe der Soldaten und das Gekreische des wahnsinnigen Königs erfüllten das Theater bis zum fürchterlichen Höhepunkt seines schmählichen Endes, als ein Seufzer aus dem Parkett zu hören war. Dieter hatte jetzt seinen Arm um Elsas Schultern gelegt, er hatte ihren Schal um ihren Hals geschlungen und schien sie wie ein schlafendes Kind zu beschirmen. In dieser Stellung blieben sie bis zum letzten Vorhang. Beide applaudierten nicht. Dieter sah sich nach Elsas Handtasche um, sagte irgend etwas Aufmunterndes zu ihr und stellte sie ihr auf den Schoß. Sie nickte ganz leicht. Ein einleitender Trommelwirbel veranlaßte das Publikum, sich zur Nationalhymne zu erheben – Smiley stand automatisch auf und bemerkte zu seinem Erstaunen, daß Mendel verschwunden war. Dieter stand langsam auf, und dabei wurde es Smiley klar, daß etwas passiert war. Elsa saß noch immer, und obwohl Dieter ihr sanft zuzureden schien, doch aufzustehen, reagierte sie nicht. Sie saß merkwürdig verrenkt da, und der Kopf war ihr nach vorn auf die Brust gesunken ...

Man spielte gerade die letzten Takte der Nationalhymne, als Smiley zur Tür stürzte und durch den Korridor und über die Stiegen hinunter ins Foyer rannte. Er kam gerade einen Augenblick zu spät, denn der erste Schwall von eiligen Theaterbesuchern, die auf der Suche nach Taxis auf die Straße drängten, kam ihm schon entgegen. Er sah sich in der Menge verzweifelt nach Dieter um, wußte aber, daß es hoffnungslos war. Daß Dieter das getan hatte, was er selbst getan haben würde: nämlich einen der Notausgänge benutzt hatte, die auf die Straße führten, wo er in Sicherheit war. Er arbeitete sich mit seinen breiten Schultern langsam mitten durch die Menschenmenge gegen den Eingang zum Parkett durch. Sich zwischen den Körpern der ihm Entgegenkommenden bald hierhin, bald dorthin wendend und durchdrängend, sah er Guillam, der am Rande des Menschenstromes stand und verzweifelt nach Dieter und Elsa Ausschau hielt. Er rief ihn an, und Guillam drehte sich schnell um.

Smiley schob sich weiter vor und langte schließlich bei der niedrigen Trennwand an, wo er Elsa sehen konnte, die bewegungslos dasaß, während überall die Männer aufstanden und die Frauen nach ihren Umhängen und Handtaschen griffen. Dann hörte er den Schrei. Er kam plötzlich und war kurz und erfüllt von heftigstem Schrecken und Ekel. Ein Mädchen stand im Gang und blickte Elsa an. Sie war jung und sehr hübsch. Die Finger ihrer rechten Hand hatte sie an den Mund gepreßt, und ihr Gesicht war totenbleich. Ihr Vater, ein großer, blasser Mann, stand hinter ihr. Er nahm sie schnell um die Schultern und zog sie weg, nachdem ihm die schreckliche Szene klar geworden war.

Elsas Schal war heruntergefallen, und ihr Kopf tief auf die Brust gesunken.

Smiley hatte recht gehabt. »Sie sollen nur davonlaufen, in Panik ausbrechen, was sie wollen . . . bis sie etwas tun . . .« Das war es also, was sie getan hatten. Dieser zerbrochene, arme Körper war ein Zeuge ihrer Panik.

»Es ist wohl am besten, Sie holen die Polizei, Peter. Ich gehe nach Hause. Halten Sie mich aus der Sache draußen, wenn Sie können. Sie wissen ja, wo Sie mich finden.« Er nickte, als wäre es zu sich selber. »Ich gehe nach Hause.«

Es war neblig, und ein feiner Regen fiel, als Mendel bei der Verfolgung Dieters rasch die Fulham Palace Road überquerte. Die Scheinwerfer der Autos tauchten plötzlich zwanzig Fuß vor ihm aus dem nassen Nebel auf.

Er hatte keine andere Wahl, als immer auf ganz kurze Distanz auf Dieters Fersen zu bleiben, nie mehr als ein Dutzend Schritte hinter ihm. Die Gasthäuser und Kinos hatten schon zu, aber die Café-Bars und Tanzetablissements zogen noch immer lärmende Gruppen von Passanten an, die die Gehsteige bevölkerten. Wie Dieter so vor ihm herhinkte, folgte ihm Mendel im Licht der Straßenlaternen. Seine Silhouette wurde jedesmal plötzlich deutlich, wenn er in den nächsten Lichtkegel kam.

Trotz seines Hinkens ging Dieter schnell. Dadurch, daß er längere Schritte machte, wurde das Hinken auffallender, und es sah aus, als schwinge er sein linkes Bein durch eine plötzliche Anstrengung seiner breiten Schultern nach vorne.

Auf Mendels Gesicht war ein merkwürdiger Ausdruck. Nicht von Haß oder eiserner Entschlossenheit, sondern von offenem Ekel. Für ihn bedeutete das ganze beschönigende Drum und Dran von Dieters Beruf nicht das mindeste. Er sah an dem Wild, das er verfolgte, nur den Schmutz des Verbrechers, die klägliche Feigheit eines Mannes, der andere dafür bezahlte, daß sie für ihn mordeten. Als Dieter sich vorsichtig aus dem Zuschauerraum davongemacht hatte und zum Seitenausgang geschlichen war, hatte Mendel darin das gesehen, was er erwartet hatte: irgendeine Hinterlist eines gemeinen Verbrechers. Das war etwas, das er voraussah und verstand. Für Mendel gab es nur eine Art von Kriminellen, angefangen vom Taschendieb und Einschleichdieb bis zum Großbetrüger, der das Recht zu handeln nach seinem Belieben für sich zurechtbog. Sie befanden sich alle außerhalb des Gesetzes, und es war seine ekelhafte, aber notwendige Aufgabe, ihnen das Handwerk zu legen und sie an einen sicheren Ort zu bringen. Dieser Verbrecher hier war zufälligerweise ein Deutscher.

Der Nebel wurde dick und gelb. Keiner von ihnen hatte einen Mantel an. Was Mrs. Fennan wohl jetzt tun würde, dachte Mendel. Guillam würde sich schon um sie kümmern. Sie hatte Dieter nicht einmal angesehen, als er sich davonmachte. Das war eine merkwürdige Person. Ganz Haut und Knochen und gute Werke, so sah sie aus. Sie lebte wohl von trokkenem Toast und Suppenwürfeln.

Dieter bog plötzlich nach rechts in eine Seitengasse ein und dann in eine andere nach links. Sie waren nun schon eine Stunde unterwegs, und er wurde noch immer keine Spur langsamer. Die Straße schien menschenleer zu sein, wenigstens konnte Mendel keine anderen Schritte als ihre eigenen hören, deren knirschendes kurzes Echo im Nebel zerflatterte. Jetzt waren sie in einer schmalen Gasse mit Häusern aus der Zeit der Königin Victoria, die nicht ganz stilreine Regency-Fassaden, große Vorbauten und Schiebefenster hatten. Mendel schätzte, daß sie irgendwo in der Nähe des Fulham Broadway waren, vielleicht noch weiter, näher bei der King's Road. Noch immer ließ Dieters Tempo nicht nach, noch immer glitt der schräge Schatten vorwärts durch den Nebel, zielbewußt und seines Weges sicher.

Als sie sich einer Hauptstraße näherten, hörte Mendel wieder das klägliche Gewinsel des Verkehrs, der durch den Nebel fast zum Stillstand gekommen war. Dann warf von irgendwoher aus dem Nichts ein gelbes Straßenlicht, wie eine Aureole der Wintersonne mit klaren Konturen, einen fahlen Schein. Dieter zögerte einen Augenblick am Straßenrand, und dann, ohne Rücksicht auf den Verkehr, der sich aus dem Nichts an ihnen vorübertastete, überschritt er die Straße und stürzte sich sofort in eine der unzähligen Gassen, die, dessen war Mendel sicher, zum Fluß führten.

Mendels Kleider waren triefend naß, und der feine Regen rann ihm über das Gesicht. Jetzt mußten sie ganz nahe am Fluß sein, denn er konnte den Geruch von Teer und Koks, die heimtückische Kälte des offenen Wassers wahrnehmen. Einen Moment lang dachte er, Dieter wäre verschwunden. Er beschleunigte seine Schritte, stolperte über einen Randstein, rannte weiter und sah das Geländer des Themsekais vor sich. Stufen führten zu einem eisernen Tor im Geländer, das halb offenstand. Er stand an dem Durchgang und sah nach unten ins Wasser. Eine starke Holztreppe führte hinunter, und Mendel hörte das ungleichmäßige Echo von Dieters Schritten, der, durch den Nebel verborgen, seinen merkwürdigen Weg hinunter zum Wasser fortsetzte. Mendel wartete zuerst und ging dann vorsichtig und leise die Holztreppe hinab. Sie war solide gebaut, mit einem starken Holzgeländer beiderseits. Sie war wohl schon ziemlich alt, dachte Mendel. Unten war ein langer schwimmender Steg aus Öltonnen und Planken an der Treppe befestigt. Man konnte drei verwahrloste alte Hausboote durch den Nebel erkennen, die sanft in ihren Vertäuungen schaukelten.

Lautlos schlich sich Mendel auf den Steg und sah sich die Hausboote der Reihe nach genau an. Zwei lagen knapp nebeneinander und waren durch eine Planke verbunden. Das dritte lag etwa fünf Meter weiter vertäut, und in der Kabine vorne brannte ein Licht. Mendel kehrte zum Kai zurück und schloß das Tor sorgfältig hinter sich.

Langsam ging er die Straße entlang. Er wußte noch immer nicht genau, wo er war. Nach ungefähr fünf Minuten bog der Gehsteig plötzlich nach links ab und begann leicht anzusteigen. Er vermutete, daß er auf einer Brücke war. Er entzündete sein Feuerzeug, und die lange Flamme beleuchtete eine Steinmauer zu seiner Rechten. Er bewegte das Feuerzeug hin und her und sah endlich eine nasse, schmutzige Messingplatte, auf der »Battersea Bridge« stand. Dann ging er zum Eisentor zurück, blieb einen Augenblick lang stehen und orientierte sich nach der Erinnerung.

Irgendwo rechts über ihm mußten die vier großen Schornsteine des E-Werkes von Fulham im Nebel verborgen sein: Linker Hand war die Cheyne Walk mit der Reihe von kleinen eleganten Booten, die bis Battersea Bridge reichte. Der Platz, an dem er stand, markierte die Trennungslinie zwischen dem Eleganten und dem Dreckigen, dort, wo die Cheyne Walk auf die Lots Road trifft, eine der scheußlichsten Straßen in ganz London. Die Südseite dieser Straße bilden Lagerhäuser, Werften und Fabriken, während die Nordseite aus einer ununterbrochenen Reihe von schwarzen schmutzigen Häusern besteht, wie sie für die Seitenstraßen von Fulham typisch sind.

Im Schatten der vier Schornsteine, vielleicht zwanzig Meter vom Anlegeplatz an der Cheyne Walk entfernt, hatte also Dieter einen Unterschlupf gefunden. Ja, Mendel kannte den Platz gut. Nur ein paar hundert Meter weiter den Fluß hinauf hatte man die irdischen Überreste von Mr. Adam Scarr aus den nassen Fluten der Themse geborgen.

16

Echo im Nebel

Es war schon lange nach Mitternacht, als Smileys Telefon läutete. Er stand aus dem Lehnstuhl auf, den er sich vor den Gaskamin gerückt hatte, und ging mühsam die Stiege hinauf, wobei er sich im Gehen mit der rechten Hand fest am Treppengeländer anhielt. Ohne Zweifel war es Peter oder die Polizei, und er würde eine Aussage machen müssen. Vielleicht war es sogar die Presse. Der Mord hatte zu einem Zeitpunkt stattgefunden, daß er gerade noch in die heutigen Zeitungen kommen konnte. Für den Abendbericht im Rundfunk war es ja, Gott sei Dank, zu spät gewesen. Wie würden die Schlagzeilen lauten? »Wahnsinniger mordet im Theater«? oder »Mord durch Würgegriff – das Opfer eine angesehene Dame«? Er haßte die Presse genauso, wie er die Reklame und das Fernsehen haßte, er haßte diese Massenmedien, die ganzen rücksichtslosen Suggestionsmittel des zwanzigsten Jahrhunderts. Alles, was er liebte, war das Produkt eines ausgeprägten Individualismus. Deshalb haßte er jetzt Dieter und das, wofür er eintrat, starker als jemals vorher. Es war die unerträgliche Anmaßung, die Masse vor das Individuum zu stellen. Wann hatten Massenphilosophien je Segen oder Erkenntnis gebracht? Dieter kümmerte das menschliche Leben nicht das geringste. Er träumte nur von Armeen gesichtsloser Menschen, die durch ihren kleinsten gemeinsamen Nenner zusammengehalten wurden. Er wollte die Welt so schaffen, als wäre sie ein Baum, den er nach Belieben zustutzen konnte, damit sie dem liniengetreuen Idealbild entspreche. Zu diesem Zweck hatte er sich leere, entseelte Automaten, wie Mundt einer war, geschaffen. Mundt hatte genauso kein Gesicht wie Dieters Armee, er war ein gedrillter Mörder und entstammte der besten Mörderrasse.

Er hob das Telefon ab und nannte seine Nummer. Es war Mendel.

»Wo sind Sie?«

»In der Nähe vom Chelsea Embankment. In einem Gasthaus, das ›Der Ballon‹ heißt, in der Lots Road. Der Wirt ist ein alter Freund von mir. Ich habe ihn herausgeklopft ... Hören Sie zu, Elsas Freund ist in einem alten Hausboot bei der Getreidemühle in Chelsea in Deckung gegangen. Es ist ein wahres Wunder, wie er sich in diesem Nebel zurechtgefunden hat. Muß irgendwie mit dem Braillesystem seinen Weg ausfindig gemacht haben.«

»Wer?«

»Ihr Freund, ihre Eskorte im Theater. Wachen Sie auf, Mr. Smiley. Was ist los mit Ihnen?«

»Sie sind Dieter nach?«

»Natürlich hab' ich das getan. Das haben Sie doch zu Mr. Guillam gesagt, nicht wahr? Er sollte sich an die Frau halten und ich den Mann übernehmen ... Wie ist es denn übrigens Mr. Guillam ergangen? Wo ist Elsa hin?«

»Sie ist nirgends mehr hingekommen. Sie war schon tot, wie Dieter weggegangen ist. Mendel, sind Sie noch da? Hören Sie, wo um Gottes willen kann ich Sie finden? Wo ist das? Weiß die Polizei davon?«

»Sie wird es erfahren. Sagen Sie ihr, daß er in einem umgebauten Landungsboot ist, das *Sunset Haven* heißt. Es liegt auf der Ostseite der Sennen-Werft, zwischen den Getreidemühlen und dem Kraftwerk von Fulham. Sie wird es schon finden ... aber der Nebel ist dicht, denken Sie daran, der Nebel ist sehr dicht.«

»Wo kann ich Sie denn treffen?«

»Fahren Sie schnurgerade durch bis zum Fluß. Ich werde Sie am nördlichen Ufer der Battersea Bridge erwarten.«

»Ich komme, so schnell ich kann, sobald ich Guillam angerufen habe.«

Irgendwo hatte er ein Schießeisen, und einen Moment lang dachte er daran, es zu suchen. Aber dann kam es ihm irgendwie sinnlos vor. Außerdem, dachte er grimmig, würde der Teufel los sein, wenn er es benutzte. Er rief Guillam in seiner Wohnung an und erzählte ihm, was Mendel berichtet hatte: »Außerdem, Peter, müssen Sie alle Häfen und Flugplätze überwachen. Verfügen Sie, daß der Verkehr auf dem Fluß und alle Schiffe, die auslaufen, besonders bewacht werden. Sie werden schon wissen, wie.«

Er zog einen alten Regenmantel und ein Paar dicke Lederhandschuhe an und ging schnell in den Nebel hinaus.

Mendel erwartete ihn an der Brücke. Sie nickten einander zu, und dann führte ihn Mendel rasch das Embankment entlang, wobei er sich nahe am Fluß hielt, um den Bäumen auszuweichen, die längs der Straße standen. Plötzlich blieb Mendel stehen und ergriff warnend Smileys Arm. Sie rührten sich nicht und horchten. Dann hörte es auch Smiley. Es war das hohle Echo von Schritten auf einem Bretterboden. Es klang unregelmäßig, wie die Schritte eines Hinkenden. Sie hörten das Knarren eines eisernen Tores, das Geräusch, das beim Schließen entstand, und dann wieder die Schritte, die jetzt auf dem Gehsteig fester klangen, lauter wurden und ihnen entgegenkamen. Keiner der beiden rührte sich. Immer lauter und näher klangen sie, dann wurden sie langsamer, und es war ganz still. Smiley hielt den Atem an und versuchte verzweifelt, einen Meter weiter durch den Nebel zu sehen, die verharrende Gestalt wahrzunehmen, von der er wußte, daß sie da war.

Und dann kam er plötzlich wie ein schweres wildes Tier dahergestürmt, brach zwischen ihnen durch, schleuderte sie wie kleine Kinder zur Seite und rannte weiter. Er war wieder verschwunden, und der ungleichmäßige Takt seiner Schritte wurde mit zunehmender Entfernung immer schwächer. Sie drehten sich um und jagten ihm nach, Mendel voran und Smiley hinterher, so gut er konnte. Das Bild, wie Dieter mit der Pistole in der Hand aus dem nächtlichen Nebel auf sie eingedrungen war, stand noch immer lebhaft vor seinen Augen. Vor ihm bog der Schatten Mendels unvermittelt nach rechts ab, und Smiley folgte blindlings. Plötzlich änderte sich der Rhythmus der Schritte zum Stampfen und Scharren eines Handgemenges. Smiley rannte weiter, hörte den unverkennbaren Ton, wenn eine schwere Waffe einen menschlichen Schädel trifft, und dann war er auf dem Kampfplatz. Er sah Mendel am Boden, und Dieter, der sich über ihn beugte, holte gerade aus, um noch einmal mit dem schweren Knauf einer automatischen Pistole zuzuschlagen.

Smiley war außer Atem. Seine Lungen schmerzten ihn von dem kalten schmutzigen Nebel, sein Mund war heiß und trocken und schmeckte nach Blut. Mühsam nach Atem ringend, schrie er verzweifelt: »Dieter!«

Frey sah ihn an, nickte und sagte: »Servus, George«, während er gleichzeitig Mendel einen brutalen Schlag versetzte. Er erhob sich langsam und hielt die Pistole mit beiden Händen nach abwärts, um sie zu spannen.

Smiley stürzte sich blindlings auf ihn. Er vergaß völlig, wie wenig geschickt er mit seinen kurzen Armen immer im Faustkampf gewesen war, wie schlecht er es verstand, mit der offenen Hand zuzuschlagen. Sein Kopf rammte Dieters Brust, er stieß mit aller Kraft nach vorne und trommelte auf Dieters Rücken und Rippen los. Er war völlig außer sich vor Wut, und als er merkte, daß ihm die Raserei Riesenkräfte gab, drückte er Dieter weiter gegen das Geländer der Brücke hin. Dieter hatte das Gleichgewicht verloren und wich, durch sein schwaches Bein behindert, zurück. Smiley wußte, daß Dieter auf ihn losschlug, aber der entscheidende Hieb kam nicht. »Schwein, du Schwein«, schrie er ihm zu, und als Dieter noch weiter zurückwich, bekam Smiley die Arme frei und bearbeitete sein Gesicht jetzt mit ungeschickten, kindlichen Schlägen. Dieter lehnte nach rückwärts, und Smiley sah die klaren Konturen seiner Kehle und seines Kinns, als er mit ganzer Kraft seine offene Hand nach oben stieß. Seine Finger schlossen sich über Dieters Unterkiefer und Mund, und Smiley drückte ihn weiter und weiter zurück.

Dieters Hände waren an Smileys Kehle, und dann klammerten sie sich plötzlich an seinen Kragen, als er einen verzweifelten Versuch machte, sich zu retten, während er langsam nach rückwärts sank. Smiley schlug wie rasend auf seine Arme los, und dann lösten sich die Hände von ihm, und Dieter fiel, fiel in den brodelnden Nebel unter der Brücke. Es war ganz still. Kein Schrei, kein Aufklatschen im Wasser. Er war dahin, dem Nebel Londons und dem schmutzigen schwarzen Fluß darunter wie ein Menschenopfer dargebracht.

Smiley lehnte sich über die Brücke, in seinem Kopf tobte es wild, Blut rann ihm aus der Nase, und die Finger der rechten Hand konnte er nicht gebrauchen. Sie waren anscheinend gebrochen. Seine Handschuhe waren weg. Er blickte in den Nebel hinunter, konnte aber nichts sehen.

»Dieter«, schrie er in der Qual seines Herzens, »Dieter!«

Er rief es noch einmal, aber die Stimme versagte ihm, und er brach in Tränen aus: »Barmherziger Gott, was habe ich getan, ach, mein Jesus, Dieter, warum hast du mich nicht zurückgehalten, warum hast du nicht mit der Pistole zugeschlagen, nicht geschossen?«

Er preßte seine Hände vor das Gesicht und fühlte den Salzgeschmack des Blutes an seinen Handflächen, vermischt mit dem Salz seiner Tränen. Er lehnte sich gegen die Brüstung und weinte wie ein Kind. Irgendwo unter ihm kämpfte ein Krüppel in dem schmutzigen Wasser um sein Leben. Verloren und erschöpft erlag er endlich dem stinkenden Dunkel, das ihn festhielt und hinunterzog.

Als er erwachte, saß Guillam am Fußende seines Bettes und goß Tee ein.

»Da sind Sie ja, George. Willkommen! Es ist zwei Uhr nachmittags.«

»Und heute nacht ...?«

»Heute nacht haben Sie mit Kamerad Mendel auf der Battersea Bridge Weihnachtslieder gesungen.«

»Wie geht es ihm ... ich meine Mendel?«

»Entsprechend beschämt. Erholt sich aber rasch.«

»Und Dieter ...?«

»Tot.«

Guillam reichte ihm eine Tasse Tee und einige Ratafia-Kuchen von Fortnums.

»Wie lange sind Sie schon hier, Peter?«

»Ja, also wir sind hergekommen, nachdem wir eine Reihe von taktischen Haken geschlagen hatten. Der erste Seitensprung war in das Spital in Chelsea, wo sie Ihnen die Wunden geleckt und ein recht anständiges Schlafmittel verpaßt haben. Dann sind wir hierher zurück, und ich habe Sie ins Bett gebracht. Das war scheußlich. Dann habe ich eine Menge telefoniert und bin sozusagen mit einer Mistgabel herum und habe Ordnung gemacht. Gelegentlich habe ich nach Ihnen gesehen. Cupido und Psyche könnte man sagen. Sie haben entweder wie ein Sattelrücken geschnarcht oder Webster zitiert.«

»Um Gottes willen!«

»Ich glaube, es war aus ›Die Herzogin von Malfi‹: ›Ich bat dich, als ich ganz von Sinnen war: Geh hin und morde meinen liebsten Freund, und du hast's getan!‹ Das ist ein entsetzlicher Blödsinn, George.«

»Wie hat uns denn die Polizei gefunden, Mendel und mich?«

»George, Sie werden es vielleicht nicht wissen, aber Sie haben Dieter Schimpfworte zugebrüllt, als ob . . .«

»Ja, natürlich. Sie haben es gehört.«

»Wir haben es gehört.«

»Was ist mit Maston? Was sagt Maston zu dem Ganzen?«

»Ich glaube, er will Sie sehen. Ich soll Ihnen ausrichten, Sie möchten bei ihm vorbeikommen, sobald Sie sich wieder gesund genug fühlen. Ich weiß nicht, was er darüber denkt. Gar nichts, vermute ich.«

»Wie meinen Sie das?«

Guillam goß frischen Tee ein.

»Strengen Sie Ihre Hirnwindungen an, George. Alle drei Hauptpersonen in diesem kleinen Märchen sind jetzt von den Bären aufgefressen worden. In den letzten sechs Monaten sind keine geheimen Dokumente verraten worden. Glauben Sie wirklich, daß Maston sich für die Details interessieren wird? Glauben Sie wirklich, daß er keinen größeren Wunsch hat, als dem Außenamt die frohe Kunde zu bringen – und gleichzeitig zuzugeben, daß wir Spione nur fangen können, wenn wir über ihre Leichen stolpern?«

Es läutete, und Guillam ging hinunter, um aufzumachen. Erstaunt hörte Smiley, wie er den Chef in die Halle führte, dann ein mit leiser Stimme geführtes Gespräch und Schritte, die die Treppe heraufkamen. Es klopfte, und Maston kam herein. Er hatte einen unsinnig großen Blumenstrauß in der Hand und sah aus, als käme er gerade von einer Garden-Party. Smiley erinnerte sich daran, daß Freitag war. Ohne Zweifel ging er zum Wochenende nach Henley. Er grinste. Mußte wohl den ganzen Weg die Treppe herauf gegrinst haben.

»Na, George, wieder auf dem Kriegspfad?«

»Ja, leider. Ich hatte wieder einen Unfall.«

Er setzte sich auf die Bettkante und lehnte sich über das Bett, indem er sich auf der anderen Seite von Smileys Beinen mit einer Hand aufstützte.

Nach einer Pause sagte er: »Sie haben bereits meinen Brief bekommen, George?«

»Ja.«

Wieder eine Pause.

»Es ist von einer neuen Abteilung im Department geredet worden, George. Wir, also das Department, haben das Gefühl, daß wir dem Studium der Technik größere Aufmerksamkeit zuwenden sollten, besonders mit Rücksicht auf die Satellitenspionage. Das ist auch der Standpunkt des Innenministeriums, wie ich erfreulicherweise sagen kann. Guillam hat sich bereit erklärt, bei der Ausarbeitung der Richtlinien als Berater zur Verfügung zu stehen. Ich überlegte, ob Sie die Sache übernehmen würden. Mit der entsprechenden Beförderung natürlich und der eventuellen Begünstigung, daß Sie nach Erreichen des vorgeschriebenen Pensionsalters noch weiterarbeiten könnten. Unsere Leute von der Personalabteilung sind in dieser Sache ganz auf meiner Seite.«

»Danke ... vielleicht dürfte ich es mir durch den Kopf gehen lassen. Darf ich das?«

»Selbstverständlich ... selbstverständlich.« Maston sah ein wenig enttäuscht aus. »Wann werden Sie es mich wissen lassen? Es wird vielleicht notwendig sein, einige neue Leute hereinzunehmen, und da erhebt sich die Platzfrage ... Benutzen Sie das Wochenende zum Überlegen und verständigen Sie mich am Montag. Meine Sekretärin wird gerne ...«

»Ja, ich werde mich melden. Es ist wirklich sehr freundlich von Ihnen.«

»Aber, ich bitte Sie. Übrigens, ich bin ja nur der Verbindungsmann zum Ministerium, George. Es ist tatsächlich eine Entscheidung interner Natur. Ich bin nur der Überbringer der guten Botschaft, George. In meiner üblichen Funktion als Laufjunge.«

Maston sah Smiley einen Augenblick scharf an, zögerte dann und sagte schließlich: »Ich habe den Minister informiert ... soweit das notwendig war. Der Innenminister war auch anwesend.«

»Wann war das?«

»Heute vormittag. Wir haben einen Protest an die Ostdeutschen erwogen und Landesverweisung für diesen Mundt.«

»Aber wir haben ja Ostdeutschland nicht anerkannt.«

»Sehr richtig. Das war die Schwierigkeit. Es ist aber möglich, den Protest über einen vermittelnden Staat zu leiten.«

»Wie zum Beispiel Rußland?«

»Sehr richtig. Aber es tauchten verschiedene Gegenargumente auf. Man hatte das Gefühl, daß jede Art von Publizität in dieser Sache sich letzten Endes gegen die Interessen der Nation auswirken würde. Es besteht gegen die Wiederbewaffnung Westdeutschlands sowieso schon eine gewisse feindselige Einstellung hier im Lande. Man meinte, daß jede Nachricht von deutschen Quertreibereien – ob sie nun von den Russen inspiriert sind oder nicht – diese Feindseligkeit verstärken würde. Es gibt ja kein positives

Zeugnis dafür, daß Frey für die Russen gearbeitet hat, verstehen Sie. Es könnte der Öffentlichkeit leicht so dargestellt werden, als habe er aus eigener Initiative gearbeitet oder für ein geeintes Deutschland.«

»Aha.«

»Bisher sind die Tatsachen überhaupt nur sehr wenigen Leuten bekannt. Das ist ein außergewöhnlich glücklicher Umstand. Was die Polizei angeht, so hat der Innenminister sich vorläufig damit einverstanden erklärt, daß sie ihren Teil dazu beitragen wird, um die Affäre so weit wie möglich zu vertuschen ... Übrigens, dieser Mendel, was ist das für ein Mensch? Ist er vertrauenswürdig?«

Smiley hätte ihn dafür erwürgen können.

»Ja«, sagte er.

Maston stand auf. »Gut«, meinte er, »sehr gut. Also, ich muß sehen, daß ich weiterkomme. Hätten Sie gerne irgendwas, oder könnte ich etwas für Sie tun?«

»Nein, danke. Guillam sorgt wunderbar für mich.«

Maston stand an der Tür. »Also, alles Gute, George. Nehmen Sie, wenn möglich, an.« Er sagte es schnell, mit unterdrückter Stimme und einem freundlichen Lächeln, als ob es ziemlich viel bedeute.

»Schönen Dank für die Blumen«, rief Smiley.

Dieter war tot, und *er* hatte ihn umgebracht. Dafür waren die gebrochenen Finger seiner rechten Hand, sein zerschlagener, steifer Körper, die rasenden Kopfschmerzen und das quälende Schuldgefühl das beste Zeugnis. Und Dieter hatte zugelassen, daß er es tat, hatte nicht geschossen, hatte sich ihrer Freundschaft erinnert, während Smiley sie zur Seite gestoßen hatte.

Sie hatten in einer Wolke gekämpft, in der steigenden Flut des Stromes, in der Lichtung eines zeitlosen Hochwaldes. Sie hatten einander getroffen, zwei wiedervereinigte Freunde, und wie wilde Bestien gekämpft. Dieter hatte sich erinnert und Smiley nicht. Sie waren aus verschiedenen Hemisphären der Nacht hergekommen, aus verschiedenen Welten, in denen man verschieden dachte und handelte. Dieter, der schnell Urteilende, der Absolute, hatte gekämpft, um eine neue Welt zu bauen, Smiley, der gründlich Überlegende, der Bewahrer, hatte gekämpft, um ihn daran zu hindern. »Ach Gott«, sagte Smiley laut vor sich hin, »welcher war nun der Gentleman . . .?«

Mühsam stand er aus dem Bett auf und begann sich anzuziehen. Im Stehen war ihm besser.

17

Lieber Mr. Maston

»Lieber Mr. Maston,

endlich bin ich so weit, daß ich auf das Angebot der Personalabteilung, mir einen höheren Posten im Department anzuvertrauen, antworten kann. Es tut mir leid, daß dies erst so spät geschieht, doch war ich, wie Ihnen bekannt ist, in der letzten Zeit nicht gesund und hatte mich auch mit einer Reihe persönlicher Probleme auseinanderzusetzen, die außerhalb des Bereiches des Departments liegen.
Da ich noch immer unpäßlich bin, habe ich mich zu der Entscheidung durchgerungen, daß es unklug von mir wäre, das Angebot anzunehmen. Ich darf Sie bitten, das der Personalabteilung mitzuteilen.
Ich bin sicher, daß Sie mich verstehen werden.

Ihr
George Smiley«

»Lieber Peter,

ich schließe einen Bericht über den Fall Fennan bei. Es ist das einzige Exemplar. Wenn Sie ihn gelesen haben, dann schicken Sie ihn bitte an Maston weiter. Ich dachte, es könnte von Wert sein, den Gang der Ereignisse aufzuschreiben – auch wenn sie nicht stattgefunden haben.

Immer Ihr alter
George«

Der Fall Fennan

Am Montag, dem 2. Januar, wurde Samuel Arthur Fennan, ein höherer Beamter des Außenministeriums, von mir einvernommen, um gewisse Beschuldigungen klarzustellen, die in einem anonymen Brief gegen ihn erhoben worden waren. Die Einvernahme wurde in der üblichen Weise arrangiert, das heißt, mit Wissen und Einverständnis des Außenministeriums. Über Fennan war uns nichts Nachteiliges bekannt, außer daß er in den dreißiger Jahren, während er in Oxford war, mit den Kommunisten sympathisiert hatte, welcher Tatsache wir allerdings wenig Bedeutung beilegten. In gewissem Sinne war daher die Einvernahme eine reine Routineangelegenheit.

Fennans Zimmer im Außenamt erwies sich dafür als ungeeignet, und wir kamen überein, unser Gespräch im St.-James-Park fortzusetzen, weil so schönes Wetter war.

Es hat sich später herausgestellt, daß wir dabei von einem Agenten des ostdeutschen Spionagedienstes erkannt und beobachtet wurden, der während des Krieges mit mir zusammengearbeitet hatte. Es steht nicht fest, ob er Fennan etwa dauernd beobachtete oder nur zufällig im Park anwesend war.

In der Nacht auf den 3. Februar berichtete die Polizei von Surrey, daß Fennan Selbstmord begangen habe. In einem Abschiedsbrief, den Fennan unterschrieben hatte, wurde behauptet, daß er ein Opfer der Methoden der Sicherheitsbehörden geworden sei.

Während der Untersuchung stellten sich jedoch folgende Tatbestände heraus, die auf ein Verbrechen zu deuten schienen:

1. Um 7 Uhr 55 des Abends, an dem Fennan starb, hatte er die Telefonzentrale in Walliston gebeten, ihn um 8 Uhr 30 am nächsten Morgen anzurufen.
2. Fennan hatte sich kurz vor seinem Tod eine Tasse Kakao bereitet und nicht getrunken.
3. Er hatte sich vermutlich in der Halle am Fuße der Treppe erschossen. Der Brief lag neben der Leiche.
4. Es schien unlogisch, daß er seinen letzten Brief auf der Maschine geschrieben haben sollte, und noch merkwürdiger, daß er die Stiege hinunter in die Halle gegangen wäre, um sich zu erschießen.
5. An seinem Todestag gab er einen Brief auf, in dem er mich dringend bat, am folgenden Tag mit ihm bei ›Marlow‹ zu lunchen.
6. Später stellte sich auch heraus, daß sich Fennan Mittwoch, den 4. Januar, freigenommen hatte. Das hatte er anscheinend seiner Frau gegenüber nicht erwähnt.
7. Es wurde auch festgestellt, daß der Abschiedsbrief auf Fennans eigener Maschine geschrieben worden war – und daß gewisse Schriftmerkmale mit denen des anonymen Briefes identisch waren. Der Bericht

des Laboratoriums stellte jedoch fest, daß die beiden Briefe zwar auf derselben Maschine, aber nicht von derselben Person geschrieben worden waren.

Mrs. Fennan, die an dem Abend, an dem ihr Mann starb, im Theater gewesen war, wurde ersucht, den Anruf der Telefonzentrale um 8 Uhr 30 zu erklären, und behauptete fälschlich, daß sie ihn selbst bestellt hätte. In der Zentrale war man ganz sicher, daß das nicht zutraf. Mrs. Fennan behauptete, ihr Mann sei seit der Einvernahme durch den Sicherheitsdienst nervös und deprimiert gewesen, was das Zeugnis seines Abschiedsbriefes erhärtete.

Kurz nach Mittag am 4. Januar, nachdem ich Mrs. Fennan früher am Tage verlassen hatte, kehrte ich in mein Haus in Kensington zurück. Da ich flüchtig jemanden am Fenster sah, läutete ich an der Eingangstür. Diese wurde von einem Mann geöffnet, der später als ein Mitglied des ostdeutschen Spionagedienstes identifiziert wurde. Er bat mich einzutreten, aber ich lehnte ab und kehrte zu meinem Wagen zurück, während ich mir gleichzeitig die Nummern der in der Nähe parkenden Autos merkte.

Am selben Abend besuchte ich eine kleine Garage in Battersea, um mich nach der Herkunft eines dieser Wagen zu erkundigen, der unter dem Namen des Eigentümers dieser Garage registriert war. Ich wurde von einem unbekannten Angreifer attackiert und bewußtlos geschlagen. Drei Wochen später wurde der Garagenbesitzer, ein gewisser Adam Scarr, in der Nähe der Battersea Bridge tot aus der Themse gezogen. Zum Zeitpunkt seines Ertrinkens war er alkoholisiert gewesen. Zeichen von Gewaltanwendung wurden nicht entdeckt, und er war als schwerer Trinker bekannt gewesen.

Es ist von Bedeutung, daß Scarr in den letzten vier Jahren einem Ausländer, dessen Namen er nicht kannte, die Möglichkeit verschafft hatte, einen Wagen zu benutzen, und dafür sehr reichliche Bezahlung erhalten hatte. Ihre Vereinbarung zielte darauf ab, die Identität des Fahrzeugbenutzers zu verbergen, sogar vor Scarr selbst, der von seinem Kunden nur den Decknamen ›Blondie‹ kannte und ihn nur über eine Telefonnummer erreichen konnte. Die Telefonnummer ist wichtig. Es war die der Ostdeutschen Stahl-Mission.

Inzwischen war Mrs. Fennans Alibi für den Abend, an dem der Mord stattgefunden hatte, untersucht worden, und es kamen bedeutsame Tatsachen ans Licht:

1. Mrs. Fennan besuchte zweimal im Monat, immer am ersten und am dritten Dienstag, das Repertoire-Theater in Weybridge. (Notabene: Adam Scarrs Kunde hatte seinen Wagen ebenfalls am ersten und am dritten Dienstag jeden Monats geholt.)
2. Sie brachte immer eine Notenmappe mit, die sie in der Garderobe deponierte.
3. Im Theater traf sie sich immer mit einem Mann, dessen Personenbeschreibung mit der meines Angreifers und der von Scarrs Kunden übereinstimmte. Ein Mitglied des Theaters nahm sogar irrtümlicherweise an, daß dieser Mann Mrs. Fennans Gatte wäre. Auch er brachte eine Notenmappe und ließ sie in der Garderobe.

4. Am Mordabend hatte Mrs. Fennan das Theater früher verlassen, nachdem ihr Freund nicht gekommen war, und vergessen, ihre Notenmappe aus der Garderobe zu holen. Zu einem schon sehr späten Zeitpunkt rief sie das Theater an und sagte, daß sofort jemand kommen würde, der die Mappe holen wolle. Sie habe den Garderobeschein verloren. Die Tasche wurde abgeholt, und zwar von Mrs. Fennans üblichem Begleiter.

In diesem Stadium wurde der Fremde als ein Angestellter der Stahl-Mission namens Mundt identifiziert. Der Chef der Mission war Herr Dieter Frey, der während des Krieges mit unserem Geheimdienst zusammengearbeitet hatte, ein Mann von großer taktischer Erfahrung. Nach dem Kriege war er in Deutschland in der russisch besetzten Zone in den Staatsdienst getreten. Ich möchte noch erwähnen, daß Frey während des Krieges mit mir zusammen auf dem Gebiet des Feindes gearbeitet und sich dabei als ein brillanter, jeder Situation gewachsener Agent erwiesen hatte.

Ich entschloß mich nun, noch einmal mit Mrs. Fennan zu reden. Sie brach zusammen und gestand, bei der Spionage ihres Mannes als Kurier fungiert zu haben. Ihr Mann sei auf einem Skiurlaub vor fünf Jahren von Frey angeworben worden. Sie selber habe nur widerwillig mitgearbeitet, teils aus Loyalität zu ihrem Gatten, teils, um Gelegenheit zu haben, ihn bei der Durchführung seiner Arbeit als Spion vor seiner Zerstreutheit zu schützen. Frey habe mich im Park mit Fennan reden gesehen. Er habe angenommen, daß ich noch immer im Dienst sei, und daraus geschlossen, daß Fennan entweder in Verdacht geraten oder ein Doppelagent sei. Er befahl Mundt, Fennan zu liquidieren, und seine Frau war durch ihre Mitschuld zum Schweigen gezwungen. Sie hatte sogar auf einem Blatt, das schon Fennans Unterschrift trug, den Abschiedsbrief geschrieben.

Das Kommunikationsmittel, das sie bei der Weiterleitung der Ergebnisse der Spionage ihres Gatten an Mundt verwendete, ist von erheblicher Bedeutung. Sie legte die Mitteilungen und Abschriften von Dokumenten in eine Notenmappe, die sie ins Theater mitnahm. Mundt brachte eine ähnliche Mappe, die Geld und Anweisungen enthielt, und deponierte sie ebenso wie Mrs. Fennan in der Garderobe. So brauchten sie nur die Garderobescheine zu tauschen. Als Mundt an dem fraglichen Abend nicht erschien, folgte Mrs. Fennan den erhaltenen Instruktionen und gab den Garderobeschein an eine Adresse in Highgate auf. Sie verließ das Theater, bevor die Vorstellung zu Ende war, um noch die letzte Post aus Weybridge zu erreichen. Als dann Mundt später an diesem Abend die Mappe von ihr verlangte, sagte sie ihm, was sie gemacht hatte. Mundt bestand darauf, die Tasche gleich zu holen, weil er nicht noch einmal aus London nach Weybridge fahren wollte.

Als ich an dem Tag, der auf den Mord folgte, mit Mrs. Fennan gesprochen hatte, versetzte eine meiner Fragen, und zwar die wegen des Anrufes um halb neun, Mrs. Fennan derart in Schrecken, daß sie Mundt anrief. Das erklärt seinen Mordversuch an mir später am gleichen Tage.

Mrs. Fennan gab mir die Adresse und die Telefonnummer, die sie benutzte, wenn sie sich mit Mundt in Verbindung setzen wollte, den sie übrigens unter dem

Decknamen Freitag kannte. Beide führten zu dem möblierten Zimmer eines Piloten der »Lufteuropa«, der viel mit Mundt zusammen war und der ihm auch, wenn nötig, Unterkunft gewährte. Der Pilot (vermutlich ein Kurier des ostdeutschen Spionagedienstes) ist seit dem 5. Januar nicht mehr nach England zurückgekehrt.

Das war alles, was Mrs. Fennan verriet, und es führte in gewissem Sinn zu nichts. Der Spion war tot, die Mörder verschwunden. Was man noch tun konnte, war, den entstandenen Schaden zu veranschlagen. Man trat offiziell an das Außenamt heran, und Mr. Felix Taverner wurde beauftragt, aus Aufzeichnungen dieses Amtes festzustellen, welches Material im Verdacht stand, verraten worden zu sein. Eine Liste wurde aufgestellt, in der alle Akten enthalten waren, zu denen Fennan seit seiner Anwerbung durch Frey Zutritt gehabt hatte. Merkwürdigerweise stellte sich dabei heraus, daß er in keiner Weise systematisch Geheimakten angefordert hatte. Fennan hatte sich aus dem Archiv keinerlei geheime Dokumente kommen lassen, außer solchen, die sich auf seine Arbeit bezogen. Während der letzten sechs Monate, in denen seine Vollmacht zum Zutritt zu streng vertraulichem Material bedeutend ausgeweitet worden war, hatte er tatsächlich überhaupt keine Geheimakten mit nach Hause genommen. Die Unterlagen, die er mitnahm, waren alle von geringer Wichtigkeit, und einige davon behandelten Gegenstände, die eigentlich außerhalb des Arbeitsbereiches seiner Abteilung lagen. Das paßte alles nicht zu Fennans Rolle als Spion. Es bestand jedoch die Möglichkeit, daß er nicht mehr Lust hatte weiterzumachen, und daß seine

Einladung an mich der erste Schritt zu einem Geständnis gewesen war.

Wenn das der Fall war, dann kann er möglicherweise auch den anonymen Brief geschrieben haben, hinter dem die Absicht stecken konnte, ihn mit dem Department in Kontakt zu bringen.

Zwei weitere Tatsachen sollten an dieser Stelle erwähnt werden: Erstens, am Tage nach Mrs. Fennans Geständnis verließ Mundt auf dem Luftwege das Land unter falschem Namen und mit einem gefälschten Paß. Er entging der Aufmerksamkeit der Behörden auf dem Flugplatz, wurde aber später eindeutig von der Stewardeß identifiziert. Zweitens, Fennans Notizbuch enthielt den vollen Namen und die Adresse von Dieter Frey, was ein flagranter Verstoß gegen die primitivsten Regeln der Spionage ist.

Es war schwer zu verstehen, warum Mundt nach dem Mord an Scarr noch drei volle Wochen in England geblieben war, und noch weniger begreiflich war die Tätigkeit Fennans, wie sie seine Frau dargestellt hatte, wenn man sie mit der offensichtlich völlig planlosen und unergiebigen Auswahl der Dokumente verglich. Eine nochmalige Prüfung der feststehenden Tatsachen führte immer wieder zu folgendem Schluß: Der einzige Beweis dafür, daß Fennan ein Spion war, stammte von seiner Frau.

Wenn es sich so verhielt, wie sie behauptete, weshalb hatte sie dann den Entschluß Mundts und Freys, alle die zu beseitigen, die wegen ihres Wissens gefährlich werden konnten, überlebt?

Aber konnte sie andererseits nicht selbst der Spion sein?

Das wäre eine Erklärung für das Datum der Abreise Mundts gewesen. Er fuhr heim, als ihm Mrs. Fennan versichert hatte, daß ich ihr freimütiges Geständnis akzeptiert hätte. Auch die Eintragung in Fennans Notizbuch wäre dadurch verständlich. Frey war eine zufällige Bekanntschaft beim Skilaufen und ein gelegentlicher Besucher in Walliston. Es würde die Auswahl der Dokumente erklären, die Fennan getroffen hatte – wenn Fennan absichtlich unwichtige Sachen aussuchte, als seine Arbeit hauptsächlich mit geheimen Themen zu tun hatte, dann konnte es nur eine einzige Erklärung geben: Er hatte begonnen, gegen seine Frau Verdacht zu schöpfen. Deshalb die Einladung zu ›Marlow‹, die ganz natürlich auf unser Zusammentreffen am Vortag folgte. Fennan hatte beschlossen, mir von seinem Verdacht zu berichten, und sich zu diesem Zweck einen Tag freigenommen, was seine Frau offenbar nicht wußte. Es hätte auch erklärt, warum Fennan sich selbst denunzierte. Der Grund war offenbar der, daß er wünschte, sich mit uns in Verbindung zu setzen, was das Vorspiel dazu sein sollte, daß er seine Frau denunzierte.

Wenn man diese Mutmaßungen weiterspann, dann war es auffallend, daß, was das Handwerkliche betrifft, nur Mrs. Fennan effektiv und bewußt arbeitete. Die Technik, die sie und Mundt benutzten, erinnerte an die Freys während des Krieges. Die zusätzliche Vereinbarung, den Garderobeschein mit der Post zu schicken, wenn das Rendezvous nicht geklappt hatte, war bezeichnend für die gewissenhafte Art, mit der er seine Pläne ausarbeitete. Es sah so aus, als hätte Mrs. Fennan mit einer Präzision funktioniert, die kaum mit ihrer Behauptung in Einklang gebracht werden konnte, sie habe bei dem Verrat ihres Mannes widerwillig mitgetan.

Während nun logischerweise Mrs. Fennan in Verdacht geriet, so bestand doch andererseits kein Grund, anzunehmen, daß das, was sie über die Ereignisse in der Nacht der Ermordung ihres Mannes berichtet hatte, notwendigerweise unwahr sei. Hätte sie von der Absicht Mundts, ihren Gatten umzubringen, gewußt, dann hätte sie die Notenmappe nicht ins Theater mitgenommen und noch obendrein den Garderobeschein mit der Post aufgegeben.

Es schien keinen Weg zu geben, Mrs. Fennan etwas nachzuweisen, es sei denn, daß es möglich war, die Verbindung zwischen ihr und ihrem Auftraggeber zu reaktivieren. Während des Krieges hatte sich Frey ein sinnreiches System zur Verständigung in Notfällen ausgedacht, das auf der Verwendung von Fotografien und Ansichtskarten basierte. Der auf dem Foto abgebildete Gegenstand enthielt die Botschaft. Ein religiöses Thema, wie zum Beispiel das Gemälde einer Madonna oder einer Kirche, vermittelte den dringenden Wunsch nach einem Zusammentreffen. Der Empfänger pflegte als Antwort einen mit der eigentlichen Sache in gar keinem Zusammenhang stehenden Brief zu schicken, den er sorgfältig datierte. Das Stelldichein fand dann fünf Tage nach dem auf dem Brief notierten Datum statt.

Es bestand die Möglichkeit, daß Frey, dessen Methoden sich offenbar seit dem Krieg wenig geändert hatten, noch immer dieses System benutzte, das ja auf jeden Fall nur selten gebraucht wurde. Damit rechnend, gab ich an Elsa Fennan eine Ansichtskarte auf, die eine Kirche zeigte, und warf sie in Highgate in den Postkasten. Ich hatte die – allerdings ziemlich kühne – Hoffnung, sie würde annehmen, die Karte käme über Freys Büro. Aber sie reagierte sofort, indem sie eine Karte für eine Vorstellung in einem Londoner Theater an eine unbekannte Adresse abschickte, wobei zu bemerken ist, daß die Vorstellung fünf Tage nach dem Datum, das ich auf die Karte geschrieben hatte, stattfinden sollte. Mrs. Fennans Mitteilung erreichte Frey, der sie für eine dringende Einladung zu einem Rendezvous hielt. Da er wußte, daß Mundt durch Mrs. Fennans »Geständnis« kompromittiert war, entschloß er sich, selbst zu kommen.

Daher trafen sie einander am Donnerstag, dem 15. Februar, im Sheridan-Theater in Hammersmith.

Zuerst nahm jeder von beiden an, der andere habe das Zusammentreffen veranlaßt, aber als Frey klar wurde, daß sie durch einen Trick zusammengebracht worden waren, schritt er zu drastischen Maßnahmen. Vielleicht hatte er auch den Verdacht, Mrs. Fennan habe ihn in eine Falle gelockt, vielleicht bemerkte er, daß er beobachtet wurde. Alles das werden wir nie erfahren. Auf jeden Fall ermordete er sie. Die Methode, deren er sich dabei bediente, ist wohl am besten aus dem Protokoll des Beamten zu entnehmen, der die offizielle Leichenschau vorgenommen hat: »Auf den Kehlkopf ist ein einmaliger, heftiger Druck ausgeübt worden, besonders auf die Schildknorpel, was fast augenblicklich den Tod herbeiführte. Es scheint, als sei der Mörder Mrs. Fennans auf diesem Gebiete kein Laie gewesen.«

Frey wurde bis zu einem Hausboot verfolgt, das in der Nähe der Cheyne Walk vertäut lag, und fiel in den Fluß, als er sich seiner Festnahme heftig widersetzte. Seine Leiche ist geborgen worden.

18

Zwischen zwei Welten

An Sonntagen kam normalerweise niemand in Smileys drittklassigen Klub, aber Mrs. Sturgeon ließ die Tür offen für den Fall, daß einer ihrer Gentlemen dennoch den Wunsch haben sollte, zu kommen. Sie nahm ihren Herren gegenüber dieselbe strenge, autoritative Haltung ein, wie sie es als Zimmervermieterin in Oxford getan hatte, als sie von den Mietern, die sie beglückte, mehr Respekt verlangt hatte als die ganze Gesellschaft von großen Herren und Pedellen der Universität zusammengenommen. Sie verzieh einem zwar alles, aber irgendwie ließ sie jedesmal durchblicken, daß sie nur in diesem einen und einzigen Fall Pardon gegeben hätte und sich das nie – nie und nimmer wiederholen würde. Sie hatte einmal Steed-Asprey gezwungen, zehn Shilling in die Sammelbüchse für die Armen zu legen, weil er sieben Gäste mitgebracht hatte, ohne ihr das vorher gebührend mitzuteilen. Aber nachher hatte sie das grandioseste Dinner des Jahrhunderts auf den Tisch gestellt.

Sie saßen wie das letztemal am Tisch. Mendel sah um eine Nuance gelber aus, eine Spur älter. Er sprach kaum während des Essens und führte Messer und Gabel mit der gleichen Präzision, die er auf alles verwandte, das er anfaßte. Guillam bestritt den größten Teil der Konversation, denn auch Smiley war weniger gesprächig als sonst. Sie fühlten sich in ihrer

Freundesrunde wohl, und keiner spürte in sich den Drang, besonders viel zu reden.

»Warum hat sie es getan?« fragte Mendel plötzlich.

Smiley schüttelte langsam den Kopf: »Ich glaube, daß ich es weiß, aber ich kann auch nur mutmaßen. Ich glaube, daß sie von einer Welt ohne Konflikte geträumt hat, die von der neuen Weltanschauung regiert und erhalten wird. Sehen Sie, ich habe sie einmal in Wut gebracht, und da hat sie mir zugeschrien: ›Ich bin die ewige Jüdin, das Niemandsland und das Schlachtfeld für eure Spielzeugsoldaten.‹ Als sie zu sehen glaubte, daß das neue Deutschland nach dem Muster des alten aufgebaut wurde, sah, wie der protzige Stolz zurückkehrte, wie sie sagte, da, glaube ich, war es ihr einfach zuviel. Ich meine, sie sah die Fruchtlosigkeit ihres Leidens und den Wohlstand ihrer Peiniger und rebellierte ganz einfach. Vor fünf Jahren hatten sie Dieter bei einem Skiurlaub in Deutschland getroffen. Zu dieser Zeit bahnte sich die Wiederherstellung Deutschlands als prominente westliche Macht bereits augenfällig an.«

»War sie eine Kommunistin?«

»Ich glaube, daß sie Etiketten nicht liebte. Aber ich vermute, daß sie dabei mithelfen wollte, eine einzige große Welt aufzubauen, die ohne Konflikte leben konnte. Friede ist zwar heute ein schmutziges Wort, nicht wahr? Aber ich bin der Meinung, daß sie den Frieden wollte.«

»Und Dieter?« fragte Guillam.

»Gott mag wissen, was Dieter wollte. Ehre vermute ich, und eine sozialistische Welt.« Smiley zuckte die Achseln. »Sie haben von Frieden und Freiheit geträumt. Jetzt sind sie Mörder und Spione.«

»Allmächtiger«, sagte Mendel.

Smiley schwieg wieder und sah in sein Glas. Endlich fragte er: »Ich kann nicht erwarten, daß Sie mich verstehen werden. Sie haben nur das Ende Dieters gesehen, ich aber auch den Anfang. Er hat eine volle Kehrtwendung gemacht. Ich glaube, er ist nie darüber hinweggekommen, während des Krieges ein Verräter gewesen zu sein. Er war ganz einfach gezwungen, die Sache wieder in Ordnung zu bringen. Er war einer von diesen Weltbaumeistern, die nichts anderes auszurichten scheinen, als nur zu zerstören. Das ist alles.«

Guillam lenkte das Gespräch elegant auf ein anderes Thema: »Und wie war das mit dem Anruf um halb neun?«

»Das ist wohl ziemlich klar, finde ich. Fennan wollte mich bei ›Marlow‹ treffen und hatte sich einen Tag freigenommen. Er kann Elsa davon nichts gesagt haben, sonst hätte sie es mir mit irgendeiner Ausrede zu erklären versucht. Er hat das mit dem Anruf in Szene gesetzt, um sich eine Ausrede dafür zu verschaffen, daß er zu ›Marlow‹ ging. Das ist jedenfalls meine Vermutung.«

In dem großen Kamin knisterte das Feuer.

Er erreichte noch das Flugzeug, das um Mitternacht nach Zürich abging. Es war eine prachtvolle Nacht, und durch das kleine Fenster an seiner Seite konnte er den grauen Flügel sehen, der sich bewegungslos gegen den sternenhellen Himmel abhob.

Es war, als schaue er zwischen zwei Welten einen Schimmer der Ewigkeit. Diese Vision ließ ihn ruhig werden, besänftigte seine Ängste und Zweifel und versöhnte ihn mit der Unergründlichkeit der Bestimmung des Universums. Alles schien so unwichtig zu sein – das leidenschaftlich sehnsüchtige Suchen nach Liebe oder die Rückkehr in die Einsamkeit.

Bald kamen die Lichter der französischen Küste in Sicht. Während er hinabblickte, ahnte er das ruhige Alltagsleben da unten. Den kräftigen Duft der *Gauloises Bleues,* Knoblauch und gutes Essen, die lauten Stimmen im *bistro.* Maston war eine Million Meilen weit weg, eingesperrt mit seinem trockenen Papier und seinen aalglatten Politikern.

Für seine Mitpassagiere war Smiley eine merkwürdige Figur – ein kleiner, fetter Mann, der ziemlich trübsinnig dreinsah und dann plötzlich lächelte und sich einen Drink bestellte. Der junge blonde Mann, der neben ihm saß, betrachtete ihn aufmerksam von der Seite. Er kannte diesen Typ: der müde Direktor, der sich einen vergnügten Tag machen will. Widerlich, dachte er.

William Hjortsberg

Sprach der Rabe: Nimmermehr

Kriminalroman

Eine Serie mysteriöser Morde, die alle den Geschichten von Edgar Allan Poe nachempfunden sind, erschüttert das New York der zwanziger Jahre. Sehr bald stellt sich heraus, daß die Opfer zu Houdini, dem großen Magier, in Beziehung standen.
Da kommt Sir Arthur Conan Doyle zu einer Vortragsreise nach Amerika, und ihm gelingt es in einem völlig überraschenden Finale, den geheimnisvollen Mörder zu stellen.

»Seit Hitchcocks berühmter Film PSYCHO die Duschgewohnheiten von Tausenden verändert hat, ist es keinem Autor mehr gelungen, so mit vorgefaßten Meinungen zu brechen wie Hjortsberg.«
LOS ANGELES TIMES

ZSOLNAY

ISBN 3-552-04718-2

Herbert Rosendorfer im dtv

Foto: Isolde Ohlbaum

Das Zwergenschloß und sieben andere Erzählungen
dtv 10310

Vorstadt-Miniaturen
dtv 10354

Briefe in die chinesische Vergangenheit
dtv 10541 / dtv großdruck 25044

Stephanie und das vorige Leben
dtv 10895

Königlich bayerisches Sportbrevier
dtv 10954

Die Frau seines Lebens und andere Geschichten
dtv 10987

Ball bei Thod
dtv 11077

Vier Jahreszeiten im Yrwental
dtv 11145

Eichkatzelried
dtv 11247

Das Messingherz oder Die kurzen Beine der Wahrheit
dtv 11292

Bayreuth für Anfänger
dtv 11386

Der Ruinenbaumeister
dtv 11391

Der Prinz von Homburg
dtv 11448

Ballmanns Leiden oder Lehrbuch für Konkursrecht
dtv 11486

Die Nacht der Amazonen
dtv 11544

Herkulesbad Skaumo
dtv 11616

Über das Küssen der Erde
dtv 11649

Mitteilungen aus dem poetischen Chaos
dtv 11689

Die Erfindung des SommerWinters
dtv 11782

... ich geh zu Fuß nach Bozen und andere persönliche Geschichten
dtv 11800

Die Goldenen Heiligen oder Columbus entdeckt Europa
dtv 11967

Der Traum des Intendanten
dtv 12055

Das Buch

Warum brauchen wir die Null in unserem Zahlensystem? Wie berechnen Mathematiker die Unendlichkeit, die man doch gar nicht berechnen kann? Was hat die Katastrophentheorie mit dem Altersprozeß zu tun? Wozu ist Mathematik überhaupt gut? Ist sie eine Kunst, und welche Künstler arbeiten da?
Die Künstler heißen Euklid, Archimedes, Pythagoras und Descartes, Riemann, Cantor, Frege und Russell, Poincaré, Mangelbrodt und Gödel. Und in dieser Kunst entdeckt Guillen ein faszinierendes Reich der Ideen, Träume und Imaginationen. In den 17 Essays dieses Buches nimmt er den Leser mit auf eine Reise durch die Welt der Mathematik und vermag ganz ohne Formeln und Gleichungen einen Eindruck davon zu vermitteln, was die Vorstellungskraft menschlichen Denkens hervorgebracht hat. Wem beim Stichwort »Mathematik« schulischer Angstschweiß auf die Stirn tritt und wen dabei Erinnerungen an absolut Unverständliches plagen, auf den wird der lustvolle Umgang Guillens mit dieser Materie befreiend wirken und ihm den Zugang zu dieser rätselhaften Welt öffnen.

Der Autor

Michael Guillen ist mathematischer Physiker an der Harvard University und Mitarbeiter der Zeitschrift ›Science News‹. 1979 gründete er die Leonardo da Vinci Society, deren internationale Mitgliedschaft die Zusammenarbeit zwischen den Wissenschaftlern aller Fachgebiete fördert. Michael Guillen wurde einem breiteren Publikum durch Sommerkurse an der Cornell University bekannt, die er unter dem Titel ›Mathematik für Dichter‹ veranstaltete.

Das Buch

»Als Lady Sercomb gegen Ende des Krieges George Smiley heiratete, pflegte sie ihn ihren erstaunten Freunden aus Mayfair als einen direkt atemberaubend gewöhnlichen Menschen zu schildern.« Zwei Jahre später läuft sie ihm davon, mit einem Autorennfahrer aus Kuba. Glücklicherweise kommt auf den Nachrichtenoffizier George Smiley ein neuer, angeblich leichter Routine-Fall zu. Er stürzt sich in die Arbeit. Ist Sam Fennan wirklich freiwillig aus dem Leben geschieden? Sein Abschiedsbrief an den Außenminister scheint keinen Zweifel daran zu lassen. Und welches Geheimnis verbirgt seine Frau Elsa? George Smiley trifft bei seinen Recherchen auf rätselhafte Umstände und Ereignisse. Mit den Ermittlungen nehmen die Zweifel zu. Seine Vorgesetzten würden den Fall lieber zu den Akten legen, am besten als Selbstmord. Konflikte bahnen sich an. Smiley reicht den Abschied ein . . .

Der Autor

John le Carré, eigentlich David John Moore Cornwell, wurde am 19. Oktober 1931 in Poole, England, geboren. Von 1956 bis 1958 war er als Lehrer in Eton tätig. Die Jahre 1959 bis 1964 verbrachte er u. a. in Bonn und Hamburg im diplomatischen Dienst. John le Carré machte sich einen Namen als Autor von Spionageromanen. Einige seiner Werke: ›Ein Mord erster Klasse‹ (1962), ›Der Spion, der aus der Kälte kam‹ (1964), ›Krieg im Spiegel‹ (1965), ›Dame, König, As, Spion‹ (1974), ›Agent in eigener Sache‹ (1980), ›Ein blendender Spion‹ (1986).